GOBOOKS
& SITAK
GROUP©

三日月書版

甚音
Illust.
welchino
輕世代
FW276
三日月書版
失業勇者魔王保鑣
3

Unemp
and D

CONTENTS

ch.0	不再轉的風	013
ch.1	第一天魔境	017
ch.2	冰與火	049
ch.3	魔王，妳被禁足了	085
間幕 .1	勇者	117
間幕 .2	少女	127
ch.4	臉紅心跳的溫泉之旅	131
ch.5	自黑影處襲來的危機	159
ch.6	雙線決死戰	185
ch.7	魔王的試煉與伊特	209
ch.8	毀滅之城	221
ch.9	不死鳥翼翔	241

惠恩

現任的第六天魔王。
自小在貧民窟中長大，做過各種工作，家事萬能，擔任隊伍的廚師。
不會魔法，戰鬥能力低落。
性格溫柔善良，作為魔王魄力稍嫌不足，常常有缺乏自信心的狀況發生。

雪琳
出身北之國的戰士。
由於生涯都在軍旅中度過，除了軍事和野外生存領域為專家等級之外，其他技能和知識都十分貧乏。
有著軍人般的性格，衝動易受挑釁，不服輸。
欣賞勇敢的人，重視同伴。
Sherlyn

帕思莉亞

第六天魔城總管。
擁有名族血統，出身端正，被譽為是數百年難得一見的魔法天才。唯一的缺憾是家事能力和成就完全成反比，哪怕端一碗水去餐桌都會失敗，從某方面而言也是非常恐怖的傢伙。
一方面有著高知識分子的判斷力和理性，另一方面卻也有著象牙塔學者獨有的浪漫和天真。

奈恩
獸人將軍。
種族為不死鳥，物種特徵是背後的翅膀（現已折斷），在翅膀修復前，目前外觀看起來像是人類。
我行我素，充滿自信，行事作風直接而尖銳。
Nien

青葉
第三天魔王。
身材姣好，穿著暴露，帶有魅惑人的氣息。
由暗影所化，身上的服裝其實也是自身變化而出。
城府很深，靠著狡猾智慧操弄魔界局勢。
Cyanleaf

Unemployed Heroine and Devil's Guard

ch.0 不再轉的風

比任何東西都還要自由。

在以弧線垂下的湛藍天幕一隅，有一抹看不見的影子，向著無垠地平線奮不顧身地前進著。

那是在瑪丘上馳騁的野風。

寬闊的原野上，她絲毫不受到阻礙，邁著輕盈腳步，戲弄草木的同時，也以水氣滋潤它們，這是野風讓人又愛又惱的獨特魅力。

從風之源誕生的那一剎那開始，她就下定了決心，堅決地向前，順著天性直到推進自己的力量完全消失不見為止。這可以說是風的宿命。

正當野風瞭望北方，沉浸於對未知探索的興奮以及感動時，忽然間，巨大的衝擊穿透了她的身體。

失去平衡讓野風一陣驚惶。可怕的痛楚——這麼說或許不符常理，然而就連沒有形體的風，也因為遭到攔腰斬斷的衝擊而生出無限的恐懼。

她焦急地回頭，赫然發現頭頂上方有著無數把模樣駭人的鐮刀，在半空中胡亂揮舞，不由得一陣錯愕。

怎麼會有這麼可怕的東西呢？

單純的野風從來不曾見過如此光景，不禁心生絕望。

此時，映著金屬寒光，宛如一道恐怖峽谷的大鐮刀陣仗，再次展開了動作，連續切劃下來，野風瞬間變得支離破碎。

風中響起了野風的哀號，然而遠遠聽來，那只不過是一陣讓人困惑的急促短哨聲。

張牙舞爪的怪獸張開黑暗大口，一下子將野風吸了進去。

在那裡，野風慢慢地被拖入了死亡，就在最後，她感受到背後開始慢慢飄散上來的東西，僅存的意識終於填滿了前所未有的恐懼——

黑煙，那是最為可怕的毒素，充滿惡臭、嗆鼻的雜質，會慢慢滲透進她的身體，把原本澄澈透明的她轉變為完全不同的存在。

「嘶——轟——」

劇烈的聲響傳來，野風想要掙扎，想要逃跑，然而太遲了，她已經變得哪裡都不能去了。總是包容著她的廣闊天空，以及順從地任她撫弄的大地，再也沒有辦法回應她的呼喚。

龐然巨獸的腳掌踩踏下來，鉤爪撕裂大地。

巨獸走過的路徑，在美麗的瑪丘原野劃出了苦痛的創口，原本繁茂翠綠的植被紛紛枯死凋零，像是永遠都無法清除的疤痕，不停延伸，一直抵達魔族的國境。

散布著恐懼，吞吐黑煙的巨獸，鳴發出震天動地的怒吼，朝著第六天魔城的方向而去。

ch.1 第一天魔境

「嚇！」

雪琳從瞌睡中猛然清醒過來，在此之前，馬車因為操縱者的不當駕駛而顛簸了一下。

她在心中痛罵自己的大意，操控韁繩，將兩匹駿馬導回正軌。

不過，眼下真的有正軌可言嗎？

「怎麼了嗎？」

身後的篷車中，藍髮少年一臉焦急地探出頭。

「沒、沒什麼啦……只不過是我打了個瞌睡而已。」雪琳紅著臉說。

惠恩眨了眨眼睛，接著露出了溫柔的體恤表情。

「這樣啊……妳不要太勉強自己，要是累了就換我來吧！」

「我沒問題的。」

話是這麼說，可是惠恩已經從篷車裡頭爬出來，輕鬆地在雪琳身旁就座。

「請不要逞強。遇到狀況，就要適度地倚靠身邊的伙伴，這不也是雪琳妳教我的嗎？」

「嗚，呃！勇者教科書裡面的訓詞嗎？沒想到居然會在這種時候被你拿出來用……」

雪琳的臉頰再度微微一紅。

戰鬥中不可高估自身實力，無論狀況為何，應隨時注意整體局勢，互相配合——告誡少年這條守則的不正是她自己嗎？雖然勇者教科書是站在人類的角度，教述與魔族戰鬥的方法，但是其中也包括不少適用於野外求生和團隊合作的觀念。

「呵！只是現學現賣罷了，是妳教得好。」

藍髮少年泰然自若地從少女手中接過韁繩，熟練地操控起來。

馬車行進得十分平穩，一點都沒有澀滯的感覺，光是這點就讓雪琳意外。不過短短半個月，惠恩的駕駛技術居然突飛猛進，學習能力真的很快。

總是給人溫和印象的少年，不知從何時起散發出如此可靠的感覺。驚嘆於對方的成長，雪琳終於挪動身體，讓出駕駛的位置。

「那麼，就交給你啦！」

雪琳舒舒服服地將雙手背在後腦勺，暫且閉上雙眼。

其實，她的確有些疲倦了，多虧惠恩主動跳出來，否則，再繼續逞強下去也不太好。

雖然說好由三人輪流分擔駕駛和警戒的任務，然而銀髮勇者身為保鑣，總是主動承擔最辛苦的時段，因此累積了大量的疲勞。

「妳就好好休息吧！」

「少瞧不起我，我們勇者的身體素質比一般人強得多了，儘管放心！」銀髮少女睜開一隻眼睛，噘著嘴說道。

惠恩笑著點了點頭。

「何況，這不是生理上的疲勞，而是……」

「是心理上的，對吧？」

兩人對望一眼，雪琳慢慢地點了點頭。

惠恩苦笑了一下，也露出了和銀髮少女同樣的無奈表情。

兩人心有戚戚焉，同時將視線投向遠處。

眼前是一片被黑暗填滿、縈繞著死寂氣息的荒蕪大地。車頭的魔石燈，劃出一塊半徑四肘的圓形領域，天蒼蒼，野茫茫，唯有他們乘坐的馬車孤獨地在曠野中行駛。

兩頭駿馬呼出來的白氣，飄散在第一天魔境的荒野上。

「這片荒野，一直都是黑漆漆的……」

輕輕把弄著韁繩的惠恩如此說道，而銀髮少女在聽到之後馬上回答。

「從進入第一天魔境以後，就一直是這樣的狀態。」

少年稍稍嘆了口氣。

延伸出去的光線一下子就被吞噬，遍布四野的黑暗，並非夜晚的闃黑，而是世界即將陷入黑夜之前，最後一絲殘餘的暮光就要消逝的詭譎氣氛。

在獸人語中，這種似暗非暗、光明將盡的狀態，名為「暝」。

暝是日夜交替間短暫的存在，隨後應當迎來支配世界的夜晚，可是，圍繞在他們身旁的昏暗卻似乎永無休止。

雖然氣溫不至於寒冷，但就是讓人很想蜷起身子。

「真是個死氣沉沉的鬼地方啊。」

抬頭瞪向天空，雪琳十分不自在地咋舌。

「特別是……那個。」

就在呈現暗紫紅色的天空中，有著一個無法讓人聯想到太陽的物體，看起來像是一顆會發光的洞。縱使有著非凡的亮度，光線始終不曾降下地表。

身處在天空中心，持續明亮的那個物體，無論過了多久，也不見移動，彷彿從一開始便被鎖在了那個位置。

雪琳懷疑，那其實是披著太陽外衣的某種東西。

身經百戰的勇者，面對這種光景也會感受到些許不安。

長年的訓練告訴她，越是身處不熟悉的環境，越是應該提高警覺，因為永遠不知道危險會從何時何處而至。

她之所以如此疲憊，正是因為長時間處於精神緊繃狀態所致。

縱然如此，戒備的理由又到底是什麼呢？

不管本領再怎麼高強的戰士，面對天空和暗影這種無法以刀劍解決的對手，都可說是英雄無用武之地。

真是的，真是的……

感嘆著自己的警戒徒勞無功，雪琳不滿地垂下了嘴角。

不只雪琳，惠恩的心情同樣受到了影響。

在第六天魔境內的旅程，即使遭遇到危險，也能當作一場驚險刺激的經驗，笑笑地應付過去，然而此時，四方襲來的無盡晦暗，在不知不覺中奪走了伙伴的活力，這是他從未想像過的狀況。

原來旅行能讓人獲得嶄新的視野，卻也伴隨著可怕的一面。

他開始逐漸明白，為什麼帕思維爾外交官，將這裡稱作「連可怕的意義都會遺忘的地方」了。

永恆不變的天上光體、空曠荒蕪的淒涼大地，令人失去了方向與時間感，彷彿這趟旅程永遠看不見終點，令人不禁心緒紛亂。

這裡是名副其實的死境。

不斷向前奔馳的馬車上，兩人並肩而坐，天空中揚著細碎的飛塵。

「雪琳，我們到底走了多遠？」

「從離開第六天魔境開始算的話，大概有四十萬肘吧！」

「這、這麼多嗎？」

「不過，等到發覺天色不會變之後就數不清了。」雪琳搔了搔腦袋，「唉，希望接下來能快點抵達城鎮，好好休息。依照帕思維爾的紀錄指示，前方應該有城市。前提是那本書裡記載的資訊可信。」

「城市嗎？真是難以想像。」

惠恩搖了搖頭。

城鎮，換句話說，就是有人居住的地方吧？然而一路上別說魔族，甚至連一丁點生命跡象都看不到，這裡真的會有城市嗎？

毫無光線的環境裡，再頑強的野草也無法生存，更何況是動物，放眼望去只有遼闊無垠的地平線，沙子、土壤、石頭等等無機物而已。

「要不要叫醒帕思莉亞，請她再次確認方向？」

「算了吧，那隻蠢兔子在這種情況下也幫不上忙啦！她只會要我們按照書上的內容不停前進而已！你難道忘了，當我們發現天色不會變化時，那傢伙是什麼表情嗎？」

「嗚！那、那個時候是……」

回想起帕思莉亞當時失控的模樣，惠恩額頭冒著汗，尷尬地移開了視線。

雪琳嘴角勾起一抹壞笑，雙手各伸出兩指貼到太陽穴旁，重現當時的情景。

「咦？哎呀，羅盤怎麼不靈了！星星怎麼不會動啊？」她故意裝出驚慌失措的聲音，模仿帕思莉亞的聲調，毫無顧忌地嘲笑正在休息的兔耳女僕。

「噗哈哈哈，學得好像……呃啊，不、不對，雪琳，在背後取笑別人不太好吧？」

「有什麼關係，像那種滿嘴大話的傢伙，早該給她一點教訓了。看吶！人家是帕思莉亞喲，平常最膽小，脾氣最暴……」

突然——

「地理全集書角天誅！」

「咕哇！」

聽起來就超痛的招式，對著銀髮少女的腦袋產生了暴擊。

「哇啊啊啊！雪琳！」

駕車的人和馬匹同時一陣驚惶，差點失控。

「實在太過分了，想不到一起床就聽到有人說我壞話。」

馬車的帷幕掀開，帕思莉亞雙手環抱著書本，冷眼睨視雪琳。

「好痛啊，混帳兔子，妳幹什麼！」

捂著鼓起一個大包的後腦勺，雪琳眼角噙淚，怒目瞪視兔耳少女。

「哼！妳是罪有應得。混帳勇者，在別人的背後演得很開心嘛！」

「這……哪有，明明就是事實……」

「夠了，就算我能夠寬宏大量饒恕妳的無禮，但妳竟敢趁我休息時，和惠恩大人卿卿我我，這點我絕不原諒！」

在兔耳女僕憤恨的視線下，惠恩和雪琳的臉登時燒得通紅，顯得又羞又氣，只不過兩人羞愧和憤怒的比例似乎不太一樣。

「妳在說什麼蠢話，吃錯藥了是不是？」

「就、就是啊，帕思莉亞，妳不要亂說……」

「我絕對不會放棄惠恩大人的，快點給我分開！」

帕思莉亞不顧惠恩和雪琳的反駁，氣勢洶洶地插進兩人中間。

「笨兔子！不、不要硬擠進來！」

「嗚、啊！帕思莉亞，等、等等，妳、妳坐的地方是我的大腿！」

此刻，三人在馬夫席上並肩而坐的樣子，從遠處看來，就像是一對父母帶著小孩，和樂融融出遊的畫面，然而若是仔細觀察，恐怕會得出這個家庭感情不太和睦的結論。
證據就是扮演媽媽和女兒角色的那兩個人，似乎正用盡全力想打倒對方。
「啊啊！好擠……笨蛋，趕快滾回妳的兔子窩！」
「不要，妳才是別來妨礙我和惠恩大人的甜蜜相處時光！」
扭打、推擠、掌心交抵、額頭碰觸、互相怒罵、拉扯對方的耳朵……
「拜、拜託妳兩個別鬧啦啊啊啊！」
身為一家之主（？）的唯一男性惠恩，只能夠哭喪著臉。
「快、快住手，雪琳，把劍收起來……帕思莉亞，不要詠唱啊啊啊啊！」
簡直毫無威嚴。
一場丟人的鬧劇在身旁翻攪得火熱沸騰，惠恩頭上冒出了無數豆大汗珠，回神察覺時，前方的薄暗中出現了意想不到的事物。
「咦，不可能吧，難道是……」
揉了揉眼，想要確定那是不是自己眼花，然而更加清晰的景象，讓惠恩更加確信了。
荒涼的原野中出現了城市的外牆。
「嗚！不會吧，真、真的是城市！雪琳，帕思莉亞，妳們不要再打了！前面是——

噗喔！」

惠恩興奮地轉過頭想宣布好消息的瞬間，卻中了一拳一腳，頓時發出慘叫，眼前一黑。

「惠、惠恩大人！」

「嗚哇，惠恩？」

少女們終於停止了交戰，然後……

「闖禍啦！」

「闖禍啦！」

發出了尖叫聲的雙重奏。

就在失去意識之前，惠恩雙手離開轡繩，身體向後一倒，就此昏死過去。

「咕呃、嗚……」

「惠恩大人，還有沒有哪裡痛？」

「對、對不起啦，我不是故意的……」

夜霧滾盪的荒野邊緣，聳立的城牆底下停靠著一輛馬車。

馬車上的人陸陸續續下了車。

圍繞在一名少年身旁，三名女性七嘴八舌，其中兩人臉上掛著愧疚的神色，最後一名皮膚黝黑的女子則是一面搖頭，一面露出一副好氣又好笑的表情。

「好啦，雪琳老闆、帕思莉亞老闆，雖然妳們想藉由打鬧證明彼此的友誼，但請不要做得太過頭，反而連累惠恩老闆啊！」

「是……」

雪琳和帕思莉亞就像做錯事的孩子，乖乖低頭認錯。

見她們這副模樣，彌亞故作嚴肅的表情底下，其實一直忍耐著笑意。不管怎麼說，鬧到讓病人來照顧病人，的確是件很微妙的事。

嘖嘖！這兩位大人，是不是因為累積太多疲勞，所以脾氣也變得暴躁了嗎？唉……算了，這種時候苛責她們也沒意義。

在心裡暗自搖了搖頭，她細心地為不斷呻吟的魔王纏上繃帶。

「兩位能夠記取教訓就好。既然順利抵達城鎮，代表帕思維爾大人的記載沒有問題，不過，這個地方好像和書上寫的不太一樣？」彌亞疑惑地說著。

雪琳抬起頭，望著高大的城牆眨了眨眼。

確實有所不同。

眾人所在的地方雖可說是城牆，但也可以說不是城牆。

一面殘垣斷壁獨自屹立在曠野中間，帶著蕭索的氣息，不知經歷了多少時光。周圍連接的牆體皆已損毀，但在牆面上仍然能看出一座古城門的殘跡，地表鋪著一條破碎的石板路，不停向內延伸。

「姐姐看城門後面這條路……好像通往遠處的一處聚落。」

「這麼說來，這裡的確是城鎮，應該說以前曾經是城鎮吧！要先調查看看嗎？」帕思莉亞如此提議。

雪琳搖了搖頭。

「不行，我們不知道這個地方埋藏著什麼危險，最好別分散。」

「那就一起行動吧。咱們可以駕駛馬車，繼續往前，說不定能在後方的城鎮有所發現。」彌亞做了最後的決斷。

眾人一致同意，於是一行人再度啟程。

彷彿是要彌補先前胡鬧導致的後果，雪琳和帕思莉亞一路上表現得特別乖巧，再也沒有爭執打鬧的事情發生。

沿著幾乎被荒煙蔓草湮沒的道路，眾人看見的是城市的殘骸。

「呼……喂！有人嗎？」

雪琳試探性地朝周圍喊了好幾聲，回應她的，卻只有空蕩的回音。

「什麼嘛，帕思莉亞，妳不是說這是第一天魔族居住的市鎮嗎？結果連個影子都沒有！」

「我、我也不知道，書上是這麼寫的啊！」

帕思莉亞慌亂地翻閱手中的外交官紀錄書，臉頰飛快漲紅。

迴盪的馬蹄聲敲碎了寂靜。

在削得平整的地基上，凌亂散置的磚瓦、屋牆，呈現一片遺跡的荒廢感。

城鎮幅員廣闊，放眼望去，街道四通八達，其上的建築物卻都被摧毀得相當徹底。偶爾能夠找到一些勉強看得出原樣的屋舍，造型充滿異國風情，連見多識廣的帕思莉亞都不知其來歷。

外觀奇異的建築，門扉異常高大，令人不禁猜想這裡曾經住著什麼樣的種族，才需要如此巨大的出入口？

部分門窗、牆面上刻著精細的圖案和銘文，然而在第一天魔境獨有的晦暗縈繞下，她們沒有勇氣靠近一探究竟，只能匆匆一瞥後迅速離去。

嚴格來說，這趟探訪沒有太多收穫，但眾人心中都留下了相同的印象——這裡從前必定是個十分繁榮的區域。

「第一天魔境居然有這樣子的地方……可是，為什麼現在都荒廢了呢？」

在平穩地駕駛著馬車的勇者背後，兔耳少女晃著耳朵，小心翼翼地左右探望。眼前這幅罕見稀奇的景象，令她的學者之魂蠢蠢欲動。

「我們先找個地方休息再說吧。」

「快看，前面那裡！」

雪琳揚起馬鞭，順著彌亞所指的方向，將馬車駛了過去。

馬車最後停在一棟灰色平房前，這也是至今為止，一行人看過狀況最完好的建築。

呼！好吧，看來今天只能暫時到此為止了。

雪琳檢視馬匹的狀況，決定是該讓牠們好好休息一下，停下了馬車。意外的是，在這棟建築物的側邊居然找得到馬廄。

她稍微打量了周遭的環境片刻，確認有沒有危險。

「惠恩大人，您的狀況如何？」

「唔，我已經沒事了，謝謝妳的關心，帕思莉亞。」

雖然腳步還有點不穩，藍髮少年仍然表示自己恢復良好，婉拒了兔耳少女的幫助，自行下車。

後方，肩披寬大披風的獅耳女郎跟著步下馬車。

「咳、咳！這就是今晚住的地方嗎？看起來滿氣派的啊！」

「別說笑了，彌亞小姐，這種鬼地方哪有什麼日夜的分別？」

不如說生理時鐘都已經混亂了。

「哈哈哈，雪琳老闆別這麼認真嘛！」

彌亞露出無畏的笑容，像是有些寒冷似地摩挲著雙臂，推開了破舊的大門。

「真是的，神經也太大條了吧，我都還沒偵查過耶！」

雪琳吐了吐舌，趕緊跟上。

一行人就在獅耳女郎打頭陣的情況下，魚貫地進入屋裡。

建築物內部遠比外頭還要陰暗，即使如此，也不至於什麼都看不見。雪琳高舉魔石燈，勘查內部的景象。

「家具……都沒有了啊！」

空蕩蕩的房間中什麼也沒有，只剩下零落的木材碎片，銀髮勇者的語氣難掩失望，發洩似地踢著堅硬的地面。

「只要有平坦的地方可以睡覺，不就得了嗎？」彌亞滿不在乎地這麼說道。

雪琳搔了搔頭。

「唔，說是這麼說……」

她從北之國一路殺向大陸最南端的魔境時，無論是吃、睡，環境都比現在更為惡劣，這點小困難，對擁有勇者體魄的她猶如一碟小菜，但是對於其他人呢？像這樣子餐風露宿，真的能夠好好休息嗎？

「彌亞小姐，請別忘記，妳現在是個病人。」

肩負保鑣職責的銀髮少女，自覺有責任妥善打理伙伴們在旅途中的一切，說話時的口氣也變得慎重起來。

「嘖！放心吧，咳、咳！姐姐有好好在吃帕思莉亞老闆給的藥。」

看見彌亞硬是逞強的樣子，雪琳眉頭一皺。不過，獅耳女郎臉上掛著的笑容，卻像是無論如何也不肯示弱。

「算了，現在也不可能再回到馬車上了吧，畢竟大家都累了。」

雪琳聳了聳肩，雖然無奈，但也不能拿彌亞的倔強脾氣如何。

獅耳女郎在地上鋪好毯子，以身上的斗篷當作棉被，縮在牆角邊小憩。

就在這時，在屋內巡視回來的惠恩，帶回了一個令人振奮的消息。

「各位，有好消息喔！這後面有廚房。」

「什麼！」

聽到這個消息，所有人迅速抬起頭，眼珠子紛紛散發出光芒。

「廚廚廚廚廚房？這個意思是……」

「嗚、嗚哇！笨兔子，趕快把流出來的口水擦一擦！」

「臭母牛，妳不也是一樣？」

雪琳和帕思莉亞互相鬥嘴，但又忍不住同時拚命擦掉嘴邊的口水。藍髮魔王呵呵笑著搖了搖頭，露出了溫和的表情。

「只要有灶，應該就可以做出一頓好料來了。」

惠恩開心地拿出鍋子、食材和水罐。

「今天就用這些好好撫慰大伙一番吧！」

他捲起袖子，一副幹勁十足的模樣，開始俐落地處理食材。

「呼呼，好期待啊！」帕思莉亞踏著小碎步蹦蹦跳跳地跑了過來，「惠恩大人，就讓我來打幫——嗚哇哇哇！妳幹什麼，臭母牛？」

就在兔耳少女把手伸向食材，正準備進行染指的時候，冷不防被雪琳拎住了耳朵。

「笨蛋總管，妳跟我來！」

令人悲嘆的五短身材，任憑帕思莉亞手腳亂揮，就是怎樣也碰不到那些食材。

「先和我一起去巡邏吧。」

「好痛痛痛——幹嘛啦，人家想待在惠恩大人的身邊幫忙啊！」

「別開玩笑了，要是讓妳在這邊搗亂，我們的晚餐還有得吃嗎？」

「豈有此理，講得好像我只會幫倒忙一樣！」

帕思莉亞雙眼圓睜，一副想把雪琳咬殺的模樣，然而銀髮勇者的表情卻十分冷淡。

「行啦！都到這種時候了，妳也應該認清自己的角色定位了吧？」

「加一。」

「加、加什麼一，彌亞小姐妳在贊同什麼啊啊啊啊！」

帕思莉亞瞠目結舌，露出慘遭背叛的表情。彌亞咯咯地笑出聲。

「走啦，走啦！」

雪琳不顧兔耳少女的反對，強行把她拖出了門外。

「嗚哇！搞什麼東西，人家已經很累了，不想動……」

「安靜。」

出到門外，雪琳不再和使性子的帕思莉亞拌嘴，甚至反常地無視了對方亂踢自己小腿的惡劣行為，全副的精神都投向了四周。

「從進入這個城鎮開始，我就隱隱約約感覺好像有人在窺伺我們。」

「惡劣保鑣、胸部怪物、暴力分子、蠢貨勇……呼咦，妳說什麼？」

帕思莉亞登時收住了嘴，放下了舉在胸前的拳頭，一臉蒼白地左顧右盼。

雪琳看似不動聲色，隨意地繞著房子行走，其實右手已經移動到隨時可以拔劍的位置。

身形修長的銀髮勇者每跨出一步，就逼得帕思莉亞不得不用小跑步拚命地跟上……啊啊！這個腿長的差距，實在可恨。

「等、等等我啦，妳說什麼窺伺……可是這裡沒有人啊！」

「所以才要找妳一起確認。我們勇者能夠捕捉細微的氣息，要是沒有這點本領，怎麼能夠在瞬息萬變的戰場生存？可是現在的狀況有點不一樣。」

換上了銳利目光的雪琳，展露出與平時截然不同的敏銳氣息，擴展開來的感官隨時注意著四面八方的風吹草動。

四周氣息縹緲，捉摸不定，彷彿暗影隨時隨地都在變幻。

「我感應不到氣息，只有被窺探的感覺。」

如果是危險，就必須要消除。

「是喔？會不會是妳神經太敏感，產生了幻覺啊？妳就跪下來，讓我好好地幫妳摸摸頭吧！」

「笨蛋，這可是攸關生死的問題！別若無其事地說這種傻話。」

啪咚！差點又要……啊不，是已經動起手來了。不過也就只有那麼一下，就當作是給白目的兔子略施薄懲吧！

雪琳收回拳頭，告訴自己下次一定要努力克制脾氣。

「好痛！嗚，妳說妳感應不到氣息，那是什麼意思？」

「只要是活物，就一定會有存在的氣息，不是嗎？只要集中精神，就能夠體察到那個。不是我在自誇，我已經練到就算是平常，也能隨時感知周圍的氣息，這個技能在戰鬥後搜尋敵人的殘黨時特別……咦，妳怎麼了？」

雪琳停下腳步，只見帕思莉亞留在後方好幾步的距離，臉色如同發黃的蠟紙般，整個人不停地發抖。

「妳、妳剛剛說什麼……」

「只要是活物，就一定會有存在的氣息……啊！」

好像終於發現了！

難道說……

銀髮勇者和兔耳少女的視線交會在一起，兩個人的眼睛都睜得圓圓的。

「所以說，沒有氣息的……難、難不成會是……ㄍ、ㄍㄨㄟ……」

「住口！不要說出來！」

雪琳不顧一切地衝上前去，捂住了帕思莉亞的嘴唇。

定睛一看，銀髮少女正滿頭大汗。

即使是號稱天不怕、地不怕的勇者，也還是會有令她顫抖畏懼的東西。就是在雪山夜裡，隔著風咆雪哮的帳篷中，搖晃的吊燈光線，隨軍吟遊詩人們最喜歡的題材——鬼故事！

「不、不要再講沒有根據的事情了，這世界上才、才沒有那種東西的存在好、好嗎？」

東一句「那種東西」，西一句「那種東西」，雪琳氣勢洶洶，嚇得帕思莉亞連連點頭。

至於那究竟是「哪種東西」，雪琳和帕思莉亞，都沒有勇氣把哽在喉嚨裡的那個單字吐出口。

兩人忘記了平時的交惡，靠在一起不斷顫抖。

「從、從現在開始，妳千萬不要離、離開我喔……我、我才不是在害怕，是、是為了要保護妳，誰叫我是保鑣呢！」

「嗯、嗯！」

雪琳再三地強調「我沒有害怕喔」，像是要給自己吃下定心丸。帕思莉亞卻是牙齒不停地打顫，緊緊抓著雪琳的披風，兩人繼續巡視。

而在不遠處的黑暗中——

「咦，他們進去屋子裡了嗎？」

輕柔，又帶點狐疑的話語聲，是屬於少女的音色。

某棟早已毀損得看不出本來面貌的廢墟中，在那像泥濘般沉滯，久得無法計算其存在時間的深霾裡，有個特異的存在悄悄地甦醒了過來。

喀啦！呼哼——

聽起來像是在伸懶腰，細碎的石礫被撥開，沙沙的聲響驚擾了黑暗寧靜的美夢。

深沉的黑暗還是一點都沒有退讓的意思。

然而在外處暗淡的「瞑」光，卻能曚曨不清地照亮些許事物。

經過了一段不長的時間，建築物巨大的裂口邊緣，浮現出了一名少女的身影。

前額一綹純白的髮絲，在淡藍紫色的秀髮中十分惹眼。

被遮住的前額底下，是一張稍微樸素又不失可愛的臉蛋。

少女穿著滿是補釘、破破爛爛的農村工作袍，裡頭的襯衣，甚至連少許肌膚都裸露了出來，不過她自己好像沒有察覺。

將雙手搭在破裂的牆緣，少女探出半顆頭，窺望著遠處的那間屋子，眨了眨充滿好奇的眼眸。

「好難得喔，居然有訪客。他們是什麼人呢？」少女躲在空無一人之處獨自發出疑問。

正躊躇間，屋內走出了兩名女性。

「呃啊！」其實她離得這麼遠，根本不必擔心會被發現，然而她還是不自禁地發出了可愛的聲音，急急忙忙縮回腦袋。

「哎唷……」覺得自己的表現很愚蠢的少女，在心裡不斷抱怨著自己。

說起來，就是因為她太怕生了，才會像現在這樣。儘管從好幾天前就一路跟著對方來到這裡，卻遲遲不敢現身。

不是說好這一次一定要……不行、不行，沒準備好我不敢和陌生人講話……

所以她才會除了伊特以外，完全交不到朋友。

少女垂頭喪氣地靠坐在牆邊，懊惱的面孔皺到了一塊，接著，用力地搖了搖頭。

光是想像自己要站在不認識的人面前，就緊張得心兒怦怦直跳。她摸了摸左胸口，結果——根本沒有任何東西在跳動。

……嗯，感覺有些洩氣。

「算、算啦，再等一陣子好了，下次我一定會拿出勇氣。」

該說她是振作得很快，還是放棄得很快呢？

一轉眼，少女便已經從消沉的情緒中恢復過來。

「啊，不過，他們待在房子裡這麼久，那些孩子們也該注意到了吧！」少女食指抵著下顎，喃喃地脫口而出。

某種東西在她身旁的黑暗中蠢動，但她既不驚訝，也不害怕。

「喀啊啊……」

「唔哇哇……」

那些東西拖著緩慢的步調開始移動了起來。

「呃，哇！對、對不起，吵到你們啦？啊！現在又到了活動的時間是嗎？今天天氣真好呢，衣服又亂掉了……你今天也還是一樣帥喔！」

在黑暗裡頭步履蹣跚的東西究竟是什麼？

不管怎樣，在那些「形體」身旁，少女就像非常熟悉似地，正經八百地鞠躬打招呼，不時親切地幫「它們」調整衣領，不時揮手告別，忙碌得不可開交。

只是，那些東西真的聽得懂她說的話嗎？

「咕哇哇……」

它們對少女的行為完全視若無睹，搖搖晃晃地開始了行動。

「妳、妳有沒有聽到什麼聲音，帕思莉亞？」

最先注意到不對勁的當然是擁有敏銳感官能力的雪琳。

細碎的拖行聲和古怪的悶喊，促使勇者停下腳步，豎起耳朵仔細聆聽。

「我、我不知道，雪琳，拜、拜託告訴我那是妳的肚子在叫……」

「才、才不是，那聲音明明是從別的方向傳來的。」

好像有東西正在靠近。

察覺到這點的兩人不由得雙腿發顫。

就在不自覺地害怕到互相靠在一起時，周圍的矇矓暗影中，出現了模糊的輪廓。

「嗚！」

惡臭緊接而來。

「咕哎哎哎——」混濁的悲鳴越來越清晰。

「喀哇、哇啊啊啊啊！」

「哎哎哎哇——」

「那些東西」的身影從暗夜浮現，枯灰破敗的面孔，拖著畸形扭曲的四肢，發出極不像樣的哀鳴衝了過來。

是一大群殭屍！

「呀啊啊啊啊啊——」

雪琳和帕思莉亞嚇得齊聲尖叫。

四面八方都是，她們一下就被包圍了。

各個路口，還有附近的廢墟，不斷冒出一隻又一隻的不死生物。

「哇啊啊，怎麼會？」

到底是什麼時候被包圍的？為什麼沒有早一點發覺？第一天魔境裡的昏暗景象成為了它們最好的掩蔽，所以才會連勇者也無從察覺。

「咕嗚！」

「帕、帕思莉亞？」

只見帕思莉亞受到這般衝擊，兩眼一翻，口吐白沫。

「不要給我隨便升天啊！」

兔耳少女的不濟，讓勇者發出了怒吼。

在帕思莉亞陷入昏迷的前一刻，一記手刀用力地劈在她後腦勺，從嘴裡緩緩飄出的靈魂驚嚇地再次鑽回體內。

「可惡，快、快回屋子裡！」

不死生物的行動遲緩，即使是距離屋子最近的前排，恐怕也得再十幾肘才能到達。

雪琳當機立斷，拎起了花容失色的帕思莉亞，以最快的速度衝回大門。

砰！逃進屋內，雪琳旋即放下門閂，將入口堵死。

「雪琳、帕思莉亞？」

惠恩與彌亞也趕到玄關處，外面傳來的異聲同樣驚動了兩人。

「大事不妙，我們被殭屍包圍了。」

「殭屍！怎麼會？」

「我也不清楚……可惡，第一天魔境裡有太多邪門的東西了。現在不是說這個的時候，做好應戰的準備！」

雪琳抽出長劍，其他人如臨大敵般點了點頭。

說話間，屋外的聲音變得越來越響亮。層層堆疊的腳步聲，震耳欲聾的怪叫，讓人寒毛直豎。

此時，惠恩瞥了門板間的縫隙一眼……

「嗚哇哇！」

殭屍一頭撞在門板後方，貼到縫隙後方的整張怪臉讓他嚇得兩腳發軟。

砰砰砰砰！殭屍發現自己進不來，開始不停拍打外牆和門板。

「這、這棟房子會不會倒塌啊？」

整座房屋搖晃不已，屋梁嘎吱作響，彌亞膽顫心驚地問了一句，不過雪琳還沒回答……

「咕哇呀啊啊啊──」

「窗、窗戶那邊！」

顧此失彼，客廳的窗戶邊也出現了殭屍，怪叫著想把手和臉伸進來，眾人又慌慌張張地衝了過去，拚命把那些手拍掉。

幸好，殭屍們不會爬窗，它們唯一會做的只是將身體向前擠，互相踩踏、堆疊，最前面的殭屍甚至被後來的踩在腳下，化為齏粉。

可是，殭屍們毫無痛覺，就算被踩得支離破碎，依舊拚命伸長不斷掉落皮屑的肢體，用早已破掉的喉嚨嚷出令人畏懼的聲音。

望著劇烈搖晃的門板，雪琳有所覺悟地說道：「這扇門快撐不住了。」

「要、要戰鬥嗎？」

跟……這麼多殭屍？雪琳倒抽了一口氣，她連想都不敢想。

「逃走吧！」

「怎、怎麼逃？」

聽到惠恩拋出來的問題，雪琳一時之間愣住了。銀髮少女抹了抹額頭上的冷汗，準備做出決斷。

少女在遠處一語不發，專注凝視眼前這番光景。

幾十隻殭屍團團圍繞在惠恩等人退守的房屋外，始終不得其門而入。

老舊的建築物無法承受它們的推擠，逐漸鬆塌、變形，即將不堪負荷。

突然間。

「喝啊！」

隨著一聲暴喝，原本頑強死守的大門豁然而開。

「咕啊啊喂！」位在最前面的殭屍沒有預料到會發生這種事——即使預料到了，以它們的腦袋也無法採取任何行動——就像推骨牌一般失去平衡，一個接一個摔倒在地。

小山一樣的殭屍群在轉瞬間崩解，模樣真是非常驚人。

殭屍們不知道出了什麼事，只是按照本能繼續往前爬，想不到彼此卻互相成為了阻礙——不懂得禮讓的殭屍，統統擠在狹小的門前，前面的擋著後面的，上面的壓著下面的，結果個個動彈不得。

「五步詠唱，啖擊——炎龍術！」

話語甫落，房屋的正面，特大號的紅光亮起，火之龍捲傾巢而出。

「咕哇哇哇哇哇哇哇——」

狂暴的火龍，瞬間將前方的殭屍燒成灰燼，現出了一條通路。

「快，趁現在！」

火龍捲的尾巴末梢，一行人趁著殭屍陣腳大亂之際，猛然自裡頭衝出。

由雪琳揮劍開路，斬飛想要接近的殭屍，惠恩攙扶著彌亞和因施法而筋疲力竭的帕思莉亞緊跟在後，一刻也不敢停留。

「嘎啊啊？」剩下的殭屍們調轉過頭，想要追趕，然而它們的速度終究比活人緩慢，雙方漸漸拉開了距離。

然而對於殭屍這種存在而言，沒有「放棄」這種觀念。

緩慢，但還是要追趕，只不過轉了個方向，殭屍們晃著腦袋，持續它們的進擊。

Unemployed Heroine and Devil's Guard
ch.2 冰與火

位於大陸南方的廣袤平原中央，由無域河滋養的肥沃土壤，因優越的地理位置和高度文明共同孕育的明珠，其名為「第六天魔城」。

時序逐漸邁入秋季，陽光不再毒辣，暑氣消退，然而在終年高溫的南方國度，獸人族依然不改他們輕薄短少的穿著風格。

和喜好故作矜持的人類不同，第六天魔族從不以展露肉體之美為恥，大方炫示自己美麗的毛皮、膚色和尾巴，街上到處都能看見穿著袒胸背心的男性，和在身上飾以各式鮮豔布料的獸人女郎。

不過，這大多是「平民」階層才會見到的景象，與之相對應的「名族」，喜歡穿著透氣舒適的長袍，佩戴精巧小物彰顯自身品味。

名族擁有與平民截然不同的動物型態，其壽命也是後者的數倍有餘，在獸人族漫長的歷史上，他們是治理國家的主幹，並因此累積了大量的財富。名族群居於城內的精華地段，許多公共事務設施皆設立於此，其中最重要的，就是共議制的元老院。

平鋪攤展開來的青草地、高大的棕櫚樹、清涼的泉水，有如綠洲般寬廣的庭院矗立著一座純白無垢的建築，是魔族最頂尖建築師誇世的作品。

一踏入猶如宮殿般富麗的前廳，隨即感受到建築大師們為了打造完美議政空間所做的努力。元老院內部採光充足，同時維持了涼爽舒適的溫度，讓名族們開會時不至於身受蒸溽悶熱之苦。

然而這樣的美意，往往收不到應有的成效。

「所以我說，從一開始就不該讓他們擁有那麼大的權力嘛！」

聚集著眾多名族家主，堪稱當世第六天魔族最高權力的殿堂，元老院的大議事廳，一場激烈的爭吵正如火如荼地展開。

以主席檯分隔的兩側，針鋒相對的兩派人馬，爭論的主題是有關貧民窟區域的開發。

「要不是西市場那些傢伙頑抗，這件事也不會進展得這麼不順利。」

「那些愚民，把他們統統關進牢裡不就得了？」

「別再說笑了，現在城裡的輿論都站在他們那邊啊！」

「這件事拖延太久，大家已經越來越不耐煩了，不如趁現在收手吧？」

「不行！要是退縮，咱們投進去的資金豈不是全都砸到了水裡，那樣子誰要負責？」

這群人對於第六天魔族政局擁有舉足輕重的影響力，在議場中卻淨是討論攸關自身利益的問題，不免令人感到可嘆。

眼見眾人爭執不休，持反對意見的名族將目光投向主席檯。

「帕思維爾大人，您也發表一下意見啊！」

「咦，啊！嗯，就這麼辦吧！」

兔耳老人敷衍地給予了如此回答，在場名族無不暗暗搖頭嘆息。

自從星見祭結束，這名元老院的意見領袖，便一直是這副失魂落魄的模樣，連帶也使得院內各個派系無法折衝協調，最終落到任何事都舉棋不定的地步。

只是對於帕思維爾來說，他的確對這些瑣碎小事提不起興趣。

為了這種雞毛蒜皮的小事爭執不休，總是斤斤計較自身利益，難道所謂的名族也就只有這點程度而已？

帕思維爾搖了搖頭。

這樣看來，我們與平民其實毫無區別……

從那天起，某位藍髮少年的話語就像是咒語般在他腦海中盤旋不去。

和「那位大人」想要開創的願景比起來，元老院的格調實在太低了，讓帕思維爾覺得怎麼樣都好。

他回憶起年輕時，自己也曾滿腔熱血想要發揮所學貢獻國家，然而心中又有另一個聲音，嗤笑著少年簡直就是天馬行空，盡做空中閣樓的美夢。

帕思維爾無法辨別哪個才是心裡真正的想法，因而總是心煩意亂。

就在名族們繼續進行毫無節制又欠缺意義的爭論時，大議事廳的入口響起了一聲喝斥。

「站住，大人們正在開會，不得隨意進入！」

「我有重要的事情稟告！」

名族中止爭吵，視線紛紛投向了騷動的來源。

一名士兵不顧大廳守衛攔阻，執意闖入了廳中。

士兵穿著邊境巡守隊的制服，身上滿是髒汙和汗水，從她上氣不接下氣的模樣看來，應該是連續跑了很長的路途才來到這裡。

肯定有什麼非比尋常的事情發生了。

但不管有什麼理由，打斷元老院開會依舊是十分不敬的行為，就在名族們皺起眉頭，正打算給予懲處之際，帕思維爾揮手制止了他們。

「士兵，說吧！」

得到了議長的允諾，士兵帶著快要掉下淚來的表情，立刻俯伏在地。

「我帶來邊境巡守隊的訊息，是最急件，向元老院的諸位名族大人報告。穆斯多全滅了。」

整個元老院頓時陷入沉默。

過了片刻，偌大的議場被驚愕和混亂所襲捲。

「什麼！」

「穆斯多？」

北方邊境的大城……突然全滅？

在場之人個個瞠目結舌，或是張大了嘴，或是臉色刷白，接二連三地掀起了驚叫。

唯有帕思維爾依然維持著沉穩的模樣。

「妳再說詳細一點。」

「數支軍隊越過了國境，正一路攻向魔城，邊境巡守隊無法抵抗，只能一路後撤，並派我傳訊，我是從兩天前一路完全沒有休息跑回來的。」士兵垂著頭，聲音帶著顫抖。

這時，一道宏亮的聲音響起。

「胡說八道！不管什麼樣的軍隊，都不可能穿越天幕！」

「提頓大人！」

有著老虎外貌的提頓，是第六天魔族現任國防部長，出身自戰士階層的他，一直希望能打入名族的小圈子裡，就此飛黃騰達。

「目前尚不知道原因，但是天幕失效了。」

衝擊性的發言，令本就不安氣氛再次沸騰。

帕思維爾皺著眉說：「因為有天幕作屏障，我國邊境駐守的軍隊數量一直不多，這下糟了。」

「天、天幕怎麼會失效？就算如此，也不會是穆斯多啊！駐紮在穆斯多的恐懼軍團呢？那可是經歷過大戰的精銳軍團，怎麼會輕易失守！」

「敵人進攻穆斯多的時候，恐懼軍團的確前往迎擊，可是……可是……」

士兵的頭垂得更低了，吞吞吐吐，彷彿極不願意把接下來的話說出口。

「敵人只花了一個上午，就完全毀滅了恐懼軍團……嗚！不是擊潰，也不是戰勝……是終極的毀滅！」

「把話說清楚！不准欺瞞！」

提頓怒不可遏地站了起來，咆哮著噴得到處都是口水。

下一刻，士兵抬起頭，淚流滿面地尖聲大叫道：「我沒有說謊！恐懼軍團迎戰的敵人，是風不轉城！」

元老院陷入了有史以來最大的恐慌。

「風不轉城！」

夢魘般的名字，即便是冠以「恐懼」之名的軍團，也無法與其相提並論。

「是鱗之民！那群瘋子！」

「怎麼會發生這種事？」

即使是平時表現最穩重的名族，這一刻也無可避免地失去了向來的沉著。混亂和不安化為漣漪，將原本平穩的日常水面徹底摧毀。

「完了，我們的國家要毀滅了，居、居然會是風不轉城！」

「不能夠就此放棄啊，我們一定要想想辦法！」

「你、你瘋了嗎？還有什麼辦法，對方可是惡名昭彰的風不轉城啊！」

對著倡議「必須採取行動」的名族，其他人皆是以激烈、幾乎喪失理智的崩潰聲音大喊：「那是有史以來不敗的惡魔兵器啊！而且還有遊牧戰爭的種族鱗之民，你不知道那些傢伙打起仗來六親不認嗎？」

「嗚噫……」意見遭受否決之後，再也沒有名族敢說上半句話。

討論就此陷入停滯，議場中凝結的低壓，重得像是能壓垮人們的肩膀。

鱗之民——遊牧戰爭的種族，正如同人們為其起的稱號，他們是不分青紅皂白、隨意發起侵略的好戰種族，就連其他魔族也感到頭痛。

過去壁壘分明的大戰期間，還能控制他們主要以人類作為攻擊對象，然而如今是承平時期，恐怕這些傢伙早已壓抑得不耐煩了。

然而在場的名族，仍有一人並不希望這麼想，那就是帕思維爾。

「縱使不肖，但老夫往昔也曾侍奉過前代魔王陛下，見識過第六天魔族真正的勇武。由列祖列宗交託傳承下來的這座魔城，絕不該在我們這一代手中被異族毀滅。」

帕思維爾敲了敲手中的木槌，懷著最後的希望，將目光轉向提頓。

「提頓大人？」

「是……」

「這種時候，身為軍隊領袖的你，應該要挺身而出領導眾人吧！請提出對策。」

然而畏怯的提頓，卻背叛了他的期待。

堂堂國防部長，竟毫無掩飾地在會議廳堂上發抖、示弱。

「我、我們……棄城吧！」

帕思維爾張大嘴巴。

「你這是什麼話？」

提頓卻說道：「單、單單是鱗之民的軍隊就已經讓我方必須傾盡全力了，如果依照剛剛得到的情報，至少還有其他三路大軍同時進發……」

面對六神無主的同僚們，虎耳國防部長極力主張我方絕無獲勝可能。

這番話，使得席間名族鼓譟了起來。

「這是什麼可笑的發言！你們是戰士，是軍人啊！仗都還沒打就想著投降，這樣還配當軍隊總指揮嗎？」

「審度局勢也是戰士的必備素養之一。你們這些名族表現得義憤填膺的樣子，說穿了不過是為了自己的身家財產，卻要我們戰士犧牲性命，說得過去嗎？」

「什麼『你們名族』、『我們戰士』？你還好意思說啊，提頓，最心心念念想要晉升為名族的人，不就是你嗎？」

「呸！你們名族遇到事情躲得最快，既然這麼想開戰，那就先把名族全部調到最前線，如何？」

廳堂之上，赤裸裸地上演著一齣互相推諉指責的醜陋戲碼。

主張撤離和主張迎戰的兩派人馬，分別占據主席檯的兩側，指著對方的鼻子高聲叫罵。但即使在神情慷慨激昂的主戰派之間，也不見有人願意挺身而出，只是不斷要求提頓負責。

大敵當前，元老院仍然看不清眼前事態，依舊沉浸於政治鬥爭之中。

忽視充耳的嘈雜聲，名族主席嚥下了湧向唇邊的一切話語，僅以搖頭嘆息表達內心的失望。

他深知名族欠缺軍事素養，向來嬌生慣養的他們，嫻熟的是禮儀、政務和魔法，戰鬥的殘酷對他們來說太過陌生。

然而另一方面，他又豈會不明白，提頓之所以能夠坐上現在這個位置，正是名族想要削減軍隊權力找來的替罪羊，本身並不具備真才實學。

親手扶植的無能傀儡，到了緊要關頭時同樣無法寄予厚望，帕思維爾不禁感嘆，這難道是名族們恣意玩政弄權的報應嗎？

「呵！就說你們這些傢伙開會都是在浪費時間吧！」

厭煩的口氣，雖不宏亮，卻異常清晰地傳入耳中。

議場內的喧鬧一下子冷卻了下來。

「是誰！」

正當名族訝異是誰膽敢口出狂言，循聲望去之時……

「吱吱喳喳的麻雀，就算耗費再多時間，依然討論不出像樣的結果，既然如此，又何必白費力氣？」

聲音再一次響起。

議場的入口處，守衛此刻臉上的神情，說明了他們正迎來一生中最慌亂的時刻。

圍繞成警戒的半圓形，武器也都高提在手，可是面對這名膽大包天的闖入者，守衛們彷彿忘記了刀劍該如何使用，形成了僵持的局面。

……拜託饒了我們吧！

痛苦不堪的士兵，其心聲彷彿能實體化出現在空氣中。

披著寬大的軍服外套，盲眼魔將奈恩，一派輕鬆地斜倚在門邊。

「真是的，讓士兵感到為難可不是我的作風啊！」

他昂著頭微微掃視左右。

「都退下吧，我有話要對元老院說。」

照理來說，守衛應該要服從議會主席帕思維爾的命令，然而聽到奈恩這番話，他們卻紛紛露出一副「得救了」的表情，自動退到一旁。

奈恩昂首闊步，來到議場正中央。

「奈恩大人……」

「哦，是帕思。」

面對並非名族，但在國內擁有極高名望的戰爭英雄奈恩，帕思維爾謹慎地選擇了措辭。

「我們正在進行十分重要的討論，您這時候來此，有何指教？」

「重要的討論嗎？哼！不用再自欺欺人了吧，帕思維爾。」

奈恩再次發出了嗤笑。

「繁文縟節，協商討論，利益交換……就是因為這些東西，元老院的決策才會如此顢頇無能。別人已經打到家門口了，你們卻到現在還在為了該不該迎戰而爭執不休？這種會議根本沒有存在的價值，你們統統回家去吧！」

他以極盡不屑的語調，豎起了一根手指晃啊晃地說。

名族們的臉色一陣青一陣紅，但是誰也不敢反駁。

「請、請您適可而止，奈恩大人，魔城正面臨史無前例的威脅，要是我們無法集合眾人的才智，做出最好的決策，這座城市的歷史恐怕會到此終結啊！」

「呵！這倒是有趣了。那麼帕思維爾，你告訴我，在元老院集思廣益之後，你們到底做出了什麼像樣的『結論』呢？」

「這……這……」帕思維爾一時語塞。

斗大的汗粒從兔耳老人的額間滑下，他將視線移向席間，然而同僚們不知是有意還無意，個個別開了視線，不敢與其四目相接。

這一刻，他徹底寒了心。

帕思維爾非常清楚，名族的行為，正是既希望事情按照己意發展，卻又不肯背負相對應的責任。

第六天魔族的掌舵者們，即便危機逼近眼前依然不知悔悟，只知道算計自身的政治利益。

議場內縈繞著異樣的沉默。

「恐、恐怕只能棄城了……」

「哦？」奈恩抱起雙臂，微微頷首，一副不置可否的模樣。握緊雙拳，軟弱無力地敲著主席桌，帕思維爾發出了絕望的悲嘆。

「啊啊！列祖列宗，請原諒子孫的不肖。但至少我們還能苟全性命，等待有朝一日再次收復魔城！」

「帕思維爾大人……」

「天啊，也只好如此了。」

聽到了帕思維爾決定扛下責任，四周傳來了此起彼落的嘆息聲。名族們個個搥胸頓足，長吁短嘆，好像真的傷心不已，但其實，他們全都在心底為了有人承擔責任而偷偷鬆了一口氣。

就連那些在先前一直高嚷著要和敵人決一死戰的議員們，也明白不可能打得過對手，覷準了機會趕緊加入假意哀戚的行列。

眾人惺惺作態的模樣，看起來可悲又可笑，然而這時……

一道男聲陡然撕裂了鬧劇。

「放棄魔城，就真的能避得過鱗之民的追擊嗎？」

原本已頹靡地陷進座位的兔耳老人，訝異地抬起頭來。

和極盡動搖的名族主席相比，金髮魔將的神情實在冷靜得不可思議。

「放棄魔城，接下來又要逃到哪裡？你們認為鱗之民，號稱『遊牧戰爭的種族』的他們，占領了一座城池就會滿足嗎？」

殘酷的聲音彷彿當頭澆下冷水，原本裝作可憐兮兮的名族們統統安靜了下來。

嘴角掛起譏諷的冷笑，奈恩搖了搖頭，在裝飾華麗的廳堂間踱步。

死寂的議場內，規律的軍靴跫音刺痛耳膜。

他用教訓孩子般的語氣說道：「第六天魔城，是大陸上規模最大的城市，一旦丟失，你們要以哪裡為根據地？到那個時候，想要聚集資源籌謀反攻只會變得更加困難，這世上有任何地方能夠容納得下多達三十萬的人口嗎？」

與不曾經歷戰事的名族不同，奈恩精準地道出了棄城後的下場。

眾人面面相覷，沒有人可以回答。

「這麼說來，我們只能應戰了？」

過了不久，終於有人開了口。

奈恩停下腳步。

「想要和鱗之民作戰？你們有指揮官嗎？有任何人上過戰場嗎？如果連刀劍都不懂怎麼使用，怎能妄想和敵人對抗？」

「呃，這、這……」

「盲目的行動，下場只有死路一條。」

「死……死！」

問話的男子——提頓嚇得渾身一震。

此言一出，元老院從上到下慌得六神無主，騷動如滾雪球般迅速蔓延。

「難、難道我們沒救了嗎？」

「究竟……該怎麼辦啊啊啊啊？」

「奈、奈恩大人！」

此時，包含提頓在內，好幾位名族忽然從席間衝了下來，啪地跪倒在奈恩面前。

「請您救救我們！」

「奈恩大人，既、既然要打仗，您身為戰爭英雄，一定有辦法帶領我們獲勝吧！」

「拜、拜託了，打敗可惡的第五天魔族的希望，非您莫屬了！」

見名族又是伏拜，又是磕頭，完全不顧形象的模樣，金髮魔將面無表情，挺直了身軀默然不語。

「哼！」

然後，露出了冷笑。

「可以啊。」

奈恩微微扭了扭脖子，臉上神情難測。

「在這場戰爭中，我就率領第六天魔族獲得最後的勝利吧！」

「太、太好了，那麼，我們立即草擬一份文件授權給您。」

「哈，授權？你們是不是搞錯了什麼。」

「咦，咦？」提頓等人睜大雙眼。

「奈……奈恩大人？」

對著一眾匍匐在自己面前的名族，奈恩上揚的嘴角毫無溫度。

名族們頓時感覺自己就像是被人叼在嘴邊的肉。

對於能夠躋身於此的名族，即使面對著有著凶猛的獅子、虎豹等肉食動物型態的同族時，也絲毫不會感到懼怕。

然而這個時候不同。

背部爬滿了汗水，他們打從心底本能地生出了畏怖。

「這世上沒有任何人能授『權』給我。元老院啊，給我聽好了，讓我出手的代價，就是從今天起，魔境內的一切都將歸我管轄！」

「你！奈恩，你想奪權嗎！」

「元老院絕對不會接受這種條件！」

長期處於優越地位的名族，這時終於明白了事情的嚴重性，幾乎是不假思索地反駁。

然而他們的勇氣，僅止於一時的本能反應。

「你們以為有別的選擇嗎？」

「呀、呀咦？」

跪在奈恩身前，首當其衝的名族們爆發出了驚恐的大喊，緊接著，坐在較高處席上的其他人也都感受到了。

呼吸困難，心臟狂跳，眼前那個驚人的存在，散發出足以輾壓一切的威壓。

「宣示吧！」

「嗚、嗚呃……」

奈恩搖了搖頭，轉過身。

名族們驚慌不已，答應也不是，拒絕也不是。

出聲打破僵局的，是位在高處主席檯的兔耳老人。

「好吧，我們接受您的要求。從今天起，奈恩將軍將作為第六天魔族的首席執政官，元老院在戰時會全力服從您的指示。」

說話極具分量的大名族首領，瞇細瞳眸，以彷彿看穿一切般的目光，神情凝重地向下俯視。

「在戰時嗎……哼哼！帕思維爾，你還真是會留後路，不過無所謂。」

奈恩臉上毫不在乎的自信笑容，加深了元老院主席臉上的皺紋。

「帕思維爾大人，為什麼……」

「正如奈恩大人所說，我們現在沒有別的選擇了。大敵當前，要是不能趕快訂立對策，這座城市將被毀滅。」

帕思維爾露出苦笑。現在是非常時期，必須盡早確立指揮體系。

既然眾人向來馬首是瞻的帕思家族族長都妥協了，其他名族也就不再做多餘的爭辯，無奈地接受了這樣的安排。

「很好很好，免得我多費唇舌。給我快點動起來啊！」

甫成為新科執政官，奈恩連椅子都還沒有坐熱，便吆喝名族們進行各項政權的移轉工作。

需要處理的事情可說是堆積如山，然而行政工作畢竟是名族的強項，再怎麼不情不願，他們仍然流利地著手準備。

雖然是些庸碌的傢伙，但某些時候還挺有用的。這是奈恩此刻的感想。

議場轉眼間變得空空蕩蕩，金髮魔將獨自駐足原地，心中默默盤算著下一步的行動。

「奈恩大人……有時間嗎？」

「哦，是帕思維爾啊！」

自後方傳來的腳步聲吸引了奈恩的注意力。

矮小的兔耳老人拄著手杖，慢慢接近。

「你剛才的表現很不錯啊，讓事情簡單了不少。」

聽到這番話，帕思維爾露出了苦澀的笑容。

「這沒什麼……事實上，即使沒有我的支持，您也一定會達到本來的目的吧！」

「沒錯。」奈恩欣然點頭。

帕思維爾一下子閉上了嘴。這短短兩個字所蘊含的意義，讓他莫名打了一個寒噤。

「你似乎也察覺到了，所以我才不需要用更激烈的方式處理元老院。」

果然如此，帕思維爾緊緊咬住了牙關。

在當時的一片混亂中，奈恩曾經轉過身背對其他名族，因此，帕思維爾是唯一一個有機會看見他臉上表情的人。

「雖然我說元老院的權力轉移僅限於戰時，但……即使度過這次的難關，您也不打算歸還權力吧？」

奈恩掀起了嘴角，沒有回答。

幾乎絕望的帕思維爾再次試圖勸說：「元老院的共議制度，一直以來是我族的傳統……」

「那又怎麼樣？別把自己想得太重要了，帕思維爾。」

奈恩面朝也不朝他地自顧自說道：

「看不清自身的器量，誤以為砂粒堆疊起來就能形成大山，正是你們這些名族所犯下的錯誤。第六天魔族只需要服膺一名最上位者的意志就足夠了，我奈恩會帶領這個國家，恢復過往的榮光。」

「榮光……這是什麼意思，奈恩大人？」

「天幕消失，阻擋我族稱霸大陸的最後一道障礙再也不存在，時勢巨輪運轉的方向，你看得見嗎？」

這句話從分明無法視物的奈恩口裡問出，格外地充滿不協調感，然而現在的帕思維爾笑不出來。

惶惶顫慄著雙腿，手杖啪噠一聲掉到了地上，領悟到對方話語意涵的他，背上寒毛根根聳立。

「難、難道說……您想要再次開啟戰爭？」

這次，奈恩終於肯面向他了。

帕思維爾所看見的，是一張充滿自信，毫無動搖的臉孔。

這或許才是他的真面目，適才對名族一派輕鬆的模樣只不過是種偽裝，用來隱藏霸者的獠牙和利爪。

「前代未能完成的事情，由我來繼承遺志，而且我絕對不會失敗。」

貫穿耳膜的，是不帶情感的冰冷宣告。

「但……為什麼……」

「嗯？」

帕思維爾忍著快要昏倒的衝動，說：「現、現在這樣不是已經很好了嗎？我們等了多少年了，才終於盼到不必打仗的日子，難道獸人族就非要開啟戰端不可？」

「帕思，你問為什麼？」

「嗚！」帕思維爾流下了大量的汗水。

奈恩皺起眉頭，厭煩地張開了嘴唇。

「因為我們獸人族是最世上優秀的種族啊！這片大陸，有哪個種族體能比我們強大？魔法比我們先進？文化、科技及得上我們？你願意和那些低等的傢伙平起平坐，共享整個大陸的統治權嗎？」

「啊，呃……」

「強者本來就該擁有絕對的地位，在弱者的頭頂接受叩拜和追尋。就像水流自高處涓滴往下，光也是從上方普照萬物，獸人族將遵循同樣的道理，支配那些愚昧的種族。這樣你明白了嗎？」

「……是。」

帕思維爾不由自主地彎下了腰。等到他自己注意到時，慌忙藉由拾起手杖的動作，掩飾向奈恩屈膝的事實。

「要是沒有別的重要事情要報告，就去做你該做的工作吧！接下來，我要會見一個盟友。」

「盟友？」

帕思維爾的心臟撲通一跳。

想起奈恩在面對驟變時依然游刃有餘的神色，他不禁生出一份猜想。

這是否代表著奈恩對於此刻事態的發生早就有所預見，甚至……有所計畫？

「帕思維爾。」

「啊！是，是。」

「不要妄加揣測。」

「……明、明白了。」

帕思維爾悚然一驚，低著頭冒著冷汗，努力克制著從齒縫中透出喘息，直到聽見軍靴聲悄然遠去，他抬起頭，才發現奈恩已經離開了。

元老院內某條長廊，甫上任的最高執政官奈恩沉默不語地前行。

秋季午後的陽光透窗灑入，在鮮紅的地毯上拓下片片方格。

窗外，精心設計的庭院景色明媚，對奈恩而言卻沒有絲毫意義。

看不見的東西，怎麼會有意義呢？

不，即使他的雙眼完好，對眼前的美景想必仍是無動於衷吧！他原本就不是為了欣賞風景而存在的男人。

「恭喜你啊，奈恩，看來事情進行得很順利嘛！」

魅得讓人骨頭酥化的軟語陡然響起，金髮魔將停下腳步。

「青葉……大人。」

下一刻，掩身在霧狀外衣中的第三天魔王現身了。

「怎麼現在才將事情搞定？等得我都不耐煩了呢。」

笑吟吟的面孔，開口第一句話就是狀似撒嬌的抱怨，悄無聲息地飄近摟住了奈恩的肩膀。

雪山女妖的冰冷手指，不客氣地在金髮魔將的下巴摩挲、玩弄，纏繞他的頭髮。

「住手。」

「哎呀呀！真是壞脾氣呢。」

青葉咯咯笑著稍微退開。

有一瞬間，金髮魔將露出扭曲的表情，隨即又放棄似地撇了撇嘴，像是在說「隨便妳吧」。

青葉見狀，掀起了嘴角。

「你這個大騙子，明明說好會為我帶來戰爭，結果都快半個月了，第六天魔族連個動靜也沒有。奈恩呀奈恩，你說說看，你這樣對得起我嗎？」

「這段期間我在消化天幕的力量，根本無暇他顧。」

「哼！藉口一堆，爽約了都不會臉紅。總之，我實在受不了，就先做了點動作。」

「哦？」奈恩露出冷笑。

「第五天魔族、中之國的人類，還有一支弱小的第四天魔族……那些在我族境內四處亂竄的螻蟻，看來都是妳煽動過來的吧？」

青葉晃著一頭黑色長髮，爽快地承認了。

「如何，奈恩，感到煩惱了嗎？」

「怎麼會？不過……」

只見奈恩一手搭在窗邊，將臉孔移開，不去正對懸浮在空中的魔王。

「不過什麼？」

青葉臉上閃過一絲納悶，還來不及仔細思索，魔將的聲音再次傳入耳裡。

「時機實在太湊巧。天幕才剛降下，各國馬上收到消息，甚至早就準備好軍團出兵了。」

奈恩輕敲著窗櫺，讓青葉看見他的側臉。

「就好像……有人早就計畫好一切了一樣。」

此時的第三天魔王，眼瞳裡閃爍出了異樣的黑色光芒。

「難不成奈恩大人不滿意被人當作棋子的感覺？」

「哈！正好相反，我倒是要感謝妳替我省下不少麻煩……有多少來多少，儘管一起來吧，我正好一網打盡。」

奈恩用食指點觸額頭，一派輕鬆地轉頭迎向青葉。

輕描淡寫的言詞，彷彿完全不將襲來的敵人放在眼內。

「你能這麼說我可真高興……啊！」

「放心吧，就算妳只將我當成是計畫中的一枚棋子，我也不會介意，畢竟我們之間本就只是各取所需的關係。妳協助我，而我也會將戰爭帶到妳的面前。」

奈恩露出親切的笑容，拍了拍青葉的肩膀。

「不過，可別以為下棋的人就一定是妳啊，青葉大人！」

青葉的眼角一跳一跳，一副受不了的樣子。

「你就這樣非得要事事都占上風不可嗎？我們是命運共同體，不必擔心我會背叛，既然幫了，我就會幫你到底。」

「那麼，萬事拜託了，青葉大人。我要去城牆上看看防禦工事。」

青葉很想大喊「你又看不到，是要看什麼看啊」，但奈恩已經推開窗戶，縱身躍出了庭院，魔王只能氣結地目送他的身影遠去。

「唉，又把爛攤子丟給我嗎？」

青葉實在無法不為了這個任性的盟友煩惱。

「得到天幕之後，這傢伙的個性就越來越像是以前了。」

青葉閉著眼睛，輕輕揉著太陽穴嘆了口氣。

奈恩揭穿她別有計畫的同時，的確害她緊張了一下。

好在奈恩似乎並不想追究，而青葉也知道他這麼做的理由。

或許是對自己的力量有著絕對的自信吧！

奈恩以行動向魔王傳達的暗示，是他無懼於任何計謀，因為只要一根手指，他就能解決所有問題的「根源」。

青葉不滿。

沒錯，論戰鬥力，青葉絕對遠遠不及奈恩，但是她根本沒打算和對方硬碰硬，也從來不曾想要出賣奈恩。

——你不明白我為了促成這一切所耗費的苦心。

第三天魔王在心裡說出了永遠也不會有人聽見的自白。

此時的魔將，已然將全副的身心沉浸在即將到來的戰事之中。

只要這樣，這樣就夠了。

青葉深信在這片大陸上，沒有人能夠阻擋得了如今的奈恩。

「你要好好表現啊！」

依舊緊閉雙眼，原本僵硬的嘴角，弧度漸漸上揚，而後，伸出鮮豔的紅舌舔舐。

「我可是，萬分期待你掀起的混沌喔！」

魔王再次張開眼，雙瞳中充滿了混濁的惡意。

似有決意的魔王，回過身，視線穿入了走廊中的陰影。

「出來吧，我知道你在那裡。」

回應青葉的是一片沉寂，然而，第三天魔王有如捉到獵物的蛇般視線一直緊盯著不放。

隔了一段時間，走廊梁柱的死角間走出了一個人。

是那名鬣狗耳男子。

「哎呀呀，不知道青葉大人召喚小的有什麼吩咐？」

他一面陪笑，一面攤開雙手，一副卑躬屈膝的表情，盡可能不對上青葉的目光。

青葉瞇起雙眼，上下打量一遍後，掀起了嘴角。

「為什麼不敢看著我的眼睛呢？」

「嗚哇！拜、拜託您饒了小的吧！小的上有老母，下有妻小，家裡還有多年的車貸、房貸，肉又不好吃，求您饒命……」

「真是的，你這是偏見吧！雪山女妖之王有事找你，又不一定是為了吃你。」

「是、是這樣嗎？啊哈哈，那……既然沒別的事，小的就先走一步啦，祝您有個美好的一天。」

「給我站住！」

「嗚呃欸欸欸欸……」

被人揪住耳朵的鬣狗耳男子痛苦地轉過身來。

「你一直都跟在奈恩身邊，對吧？」

「我只是打雜的。」

「少騙人了，以你隱藏氣息的功夫，怎麼可能只是普通戰士？依我對奈恩的了解，他不會把沒用處的傢伙留在身邊，你絕對是高手。」

「不是高手，是混蛋。」

「……什麼？」

幾乎是下意識地脫口而出，結果鬣狗耳男子的表情反而比青葉更尷尬。

雖然稍微錯愕了一下，但第三天魔王迅速地恢復過來。

猶如肉食動物般的視線牢牢鎖定住了鬣狗耳男子，伸舌舔舐，彷彿要將全身每一寸祕密都挖掘出來的目光，看得他渾身冒汗、瑟瑟發抖……只是，不知道這其中有多少是演出來的。

「對上雪山女妖之時，要盡量避免目光接觸，以免遭到魅惑。」

青葉滿意地點了點頭。

「你很謹慎，也很確實地執行教誨……正符合我需要的人選條件。」

第三天魔王一把推開鬣狗耳男子。

「只是，不知道你的忠誠度如何？」

鬣狗耳男子訝異地張開嘴巴。

青葉將目光移向庭院，接著說：「選擇吧，在第六天魔族和奈恩之間，你會站在哪一邊？」

「這……是什麼意思？」

鬣狗耳男子還處在驚疑之中，青葉斜著眼對著他邪笑。

「很簡單，當你不得不為了某樣東西捨棄另一樣東西時，你的內心會如何抉擇？」

鬣狗耳男子的表情變了。

隔了一段時間，青葉得到了她想要的答案。

「當然是奈恩大人。」

堅決不移、毫無動搖的答案。

「戰士，是在漫長戰爭中誕生出來的扭曲階層。」

彷彿是要宣洩長久以來藏在心中的不滿，鬣狗耳男子一開口，便滔滔不絕。

「等到擁有和平，我們就成了垃圾，不再被國家需要了。這段期間，沒有放棄我們的，就只有奈恩大人啊！只有他堅持帶我們重回戰場，讓我們取回戰士應有的榮耀……」

青葉微笑著靜靜觀看著這一切。

「啊！」

鬣狗耳男子發現自己在不該多話的對象面前說了太多，又驚又畏地瞪視著第三天魔王。

「您魅惑我？」是在什麼時候？

鬣狗耳男子下意識地後退半步。

青葉挪移著覆蓋全身的霧狀外衣，降低了高度。

「這樣我明白了。這個任務不能由其他人，非交給你執行不可。」

降至與鬣狗耳男子視線齊平的青葉，筆直盯著對方的面孔。

她並沒有使用「魅惑」，然而，在魔王的凝視下，鬣狗耳男人放棄了掙扎。

「您到底在說什……」

「成為奈恩的影子吧！」

吃了一驚的鬣狗耳男子，在僵直了數秒之後，突然眼光一沉，不再是那副嘻皮笑臉的模樣。

青葉彎著眉毛，十分滿意對方的覺悟。

「雖然現在奈恩掌握了第六天魔族的大權，但這世上，還是有人能威脅到他的地位——真正的魔王一日不除，這個位置他就難以坐得安穩。」

「我明白了。」

「不管奈恩怎麼想，只要不斬草除根，我就無法安心。惠恩現在應該已經進入第一天魔境了吧！」

「第一天魔境，那裡是……」

聽到別名死境的那個地方，鬣狗耳男子的臉色微微變了。

青葉瞅了他一眼。

「沒錯，那裡很危險。你會因此而畏懼嗎？」

「嘿嘿，您這是白擔心了！」

鬣狗耳男子又恢復了以往無賴的表情。

青葉在霧狀外衣上輕輕一扯，撕下了一塊碎片交到他手中。

碎片有如雲霧，在手中不斷盤旋，寒冷刺骨。

「這是？」

「和死境的力量出自同一來源的東西。把它帶在身上，在第一天魔境裡就不會受到妨礙。去吧！」

鬣狗耳男子點了點頭。一翻身，消失在陰影之中。

青葉轉頭望向窗外。

萬里無雲的天空，陽光盡情灑落。

在藍色天空的俯瞰下，花園欣欣向榮。

花了多少時間呢？第六天魔族，逐步打造出來的這一切。

這座花園、整個城市、遍地文明……

「奈恩，你會是火，燒遍整個世界的火焰。」

然而光只是有火焰是不行的，只要遇到水，火焰就很難成事。

所以才要有冰。

用冰來抑制水。

第六天魔族將會成為火焰的光，烙印在每個人的眼裡並且深深記得。

但是只憑著光也不能成事。

所以才要有影。

「光和影交織的結果，就是混沌。」

這是第三天魔王最後的結論。

靜靜地待在長廊的陰影中，而後，不知不覺失去了蹤影。

吹拂南國的風，悄悄地增添了一絲寒意。

Unemployed Heroine and Devil's Guard
ch.3 魔王，妳被禁足了

「哈……哈……哈……」

空無一物的荒地，響起了倉皇的喘息聲。

在冷暗天空的俯視下，為了逃避不知從何而來的殭屍群，惠恩一行人像是要把肺裡的空氣完全榨乾般，沒命地在曠野上狂奔，同時不忘回頭確認怪物是否依然緊追在後。

「嗚！那、那群傢伙，怎麼窮追不捨……」

背後，暗紫色的瞑霾中，上百道蠢動的模糊影子，發出恐怖的陰沉呢喃。

「殭屍都不會累的嗎？」

「廢話，會累哪能叫做殭屍啊，帕思莉亞？」

「是是是，那麼，請問這位殭屍達人雪琳小姐，我們現在該怎麼擺脫這群不死生物呢？」

「那還用問，當然是——跑啊！」雪琳鼓足了氣勢大叫。

「嗚哇哇哇——」

「嗄啊啊啊——」

追人的那方，和被追的那方，像在比賽誰的音量更大似地，將原本靜謐的荒野攪得一團混亂。

就在惠恩等人被不死怪物大軍追得團團轉之際，農村女孩打扮的少女同樣離開了城鎮，進入曠野。

她沒有追在惠恩等人的後面，而是看似漫無目的地遊蕩。

「啊！找到了。」

不久，她在空無一物的荒地停下腳步。

地平線在視野邊緣延伸，除了飄浮在半空中的扭曲暗靄，這裡似乎什麼也沒有，但少女仔細尋找過後，卻確實發現了什麼。

「好，我要開始了喔！」

她站穩腳跟，深吸了一口氣。

「喔喔──為了探索至高的魔法，上古智慧的無盡追尋，我是既帥氣又聰明的魔法師──啦啦啦！嗚！這什麼羞恥的歌？」

少女對著半空中的霧靄唱起了歌曲，歌詞的意味不明，不只如此，還搭上奇怪的舞蹈，形成了讓人看了十分傻眼的一幕。

但即使要忍住滿臉羞紅的折磨，她也還是必須這麼做。

「以偉大巫妖之名，開啟！」

接著，怪異的事情發生了。

一道黑色的縫隙撕裂空間，咻地將少女吸了進去。

「喔喔！」

少女進入了一處被隱藏起來的空間。

此處看起來像是廢棄的堡壘，地板和牆面累積了厚厚的灰塵。

走廊盡頭透出光線，她毫不遲疑地往前走，推開木門。

「啦啦啦……」

綠色磷火照亮的房間中，好幾條罩著黑袍的身影開心地哼著歌曲，忙碌地來來去去。

少女走向其中一條身影，拍了拍對方的肩膀。

「喂！」

「嗚哇！」

猛然嚇了一大跳，袍子裡頭掉出了一顆東西骨碌碌地滾到地上。房裡的其他人也因為這聲慘叫而放下手邊的工作，緊張地朝門口望來。

「是我啦！」

「原來是白聆大人啊！」

「白聆大人，拜託您不要再用這種方式出現了好嗎，腦袋都被您嚇得掉下來了！」

穿著黑袍的高等不死生物——巫妖，一邊抱怨著，一邊彎腰將自己的頭撿了起來。

「對不起……」

少女露出了抱歉的表情。

聚集在房內的巫妖，嘟囔著一一朝少女靠了過來。

「巫妖們，我有事情需要你們幫忙。」

白聆掃視了眾人一圈，飛快地進入正題。

「有一群人進入第一天魔境了，我想拜託你們……」

「又有不怕死的闖入者？」

巫妖們不待白聆說完，七嘴八舌地湊進了討論。

「這是白聆大人妳的老毛病吧，只要有人踏入死境就想湊熱鬧。」

「哎呀！反正大概又是貪婪的冒險者，很快就會變成一具具屍體了，然後再被復活成殭屍。千百年來不都是這個樣子嗎？」

「這次不一樣啦！他們看起來很厲害耶！」

白聆揮著雙手，口沫橫飛地說著惠恩等人突破殭屍包圍時有多麼地機警、多麼地英勇，然而巫妖們看起來興致缺缺。

「好啦，白聆大人，雖然我知道敢踏入死境的傢伙很稀奇，但就連我們也沒辦法抵抗這裡的力量，何況是區區的凡人？他們一下子就會死得屍骨無存了，根本不值得您費心。」

一名好心的巫妖規勸著白聆，一邊哄一邊把她推向門邊。

「喏！棒棒糖拿去，到別的地方玩吧！」

其他巫妖也紛紛轉頭，回去做自己的研究。

白聆沒有接受打發，而是氣得在原地直跳腳。

「喂！好好聽我說話啊！」

就在白聆握著雙拳，聳肩大喊的同時，胸口猛然迸出了強烈的白光，將研究室內的一切吹得東倒西歪。

「啊啊，白聆大人，快住手啊！」

巫妖們發出悽慘的叫聲。

「啊，對、對不起！」

「白聆大人，請、請您注意一下，在您體內的，可是君臨一切不死生物頂點的魔法力量啊！」

白光散去之後，研究室內的景象只能用「慘不忍睹」來形容。

巫妖們七零八落地倒在地上，幾個特別嚴重的甚至連骨架都被吹散，室內響起了不絕於耳的呻吟聲。

驚慌失措的白聆急急掩嘴，意識到自己闖下了大禍。

意外使用了不擅長的力量，白聆一陣頭暈目眩，一屁股跌坐在地。

「我、我又失控了！」

「明明已經很努力了，卻還是沒辦法控制……為什麼我會這麼笨……」

白聆消沉地垂下頭。

好不容易拼回自己的骨架，才搖搖晃晃站起來的巫妖全都慌了。

「好、好了啦，我們不是在責備您，畢竟您和我們不一樣，生前不是魔法師啊。不然，我們答應您就是了，不管是什麼要求，儘管告訴我們吧！」

「咦，真的嗎……萬歲！」

片刻後，第一天魔境內某處。

「啊啊，我們到底在這裡做什麼啊？」

某位巫妖發出悲嘆。

一行人位於一座被魔法遮蔽的高塔。這裡是巫妖們使用的祕密據點，方便觀測周遭環境，但最主要的用途，還是當白聆接近時用來發出警報。

「明明還有那麼多祕密等著發掘，我們卻被迫在這裡陪一個小女孩玩耍……」

位於此處的巫妖，和底下的殭屍有著天壤之別。

他們生前無一不是赫赫有名的大魔法師，有些甚至足以名留魔法教科書。

為了追尋上古魔法文明的奧祕，他們冒險踏入死境，卻毫無例外地付出了生命的代價。靠著深厚的魔法修為，他們得以在復活之後保有原本的意識，而不像其他殭屍一般喪失心智。

即使不再受到死亡困擾，讓巫妖們感興趣的，依然只有深埋於時光洪流裡頭的那些祕密而已。

「別這麼說嘛，白聆大人在名義上畢竟是我們不死者的大王，而且平時對我們也不錯啊！」

「唔……嗯，也是啦！」

巫妖們受到死境內某種力量的束縛，而這股力量選擇了白聆，於是他們也跟著奉白聆為主，但嚴格說起來，他們之間並沒有明確的主從關係。

不只巫妖，殭屍也是如此，只不過殭屍沒有心智，而白聆本身並不知道這件事情，因此便形成了身為眷屬的巫妖們反而最清楚事實的奇特狀況。

天性純樸的白聆，從來不曾對他們使用王的權威，只是，巫妖們每次都拗不過她天馬行空的要求，也不知這究竟是因為束縛的影響還是另有原因。

「那位大人還真是沒有自覺呢，明明站在不死生物……不，是世上萬物的頂點，卻是那副不長進的樣子啊！」

兩名巫妖一臉複雜地望著不遠處，那名擁有「第一天魔王」如此高貴身分的少女。

此刻的白聆站在高塔邊緣，努力踮著腳尖往下找尋入境者的身影。只是她專注於找人，完全沒注意腳下的狀況，好像一不小心就會掉下去，看得隨侍在旁的巫妖個個提心吊膽。

那探頭探腦的笨拙模樣，若說其體內隱藏著強力的力量，或許誰也不會相信吧！

「而且，這種感覺就好像多了一個孫……」

「嗚哇！住住住住住口，不要再胡言亂語了！」

巫妖慌張地撲向同僚，摀住對方的嘴巴阻止他繼續再說下去。

不知道是不是錯覺，那張本該早已無血色的臉上似乎變得有些通紅。

「啊！發現了。」

就在這時，四處張望許久的白聆，指著某處方向叫了起來。巫妖們也跟著轉移了視線。

「唔喔，真的耶！居然有人能這麼深入死境……」

「是剛逃出城鎮吧，那些慢吞吞的殭屍根本抓不到人。」

巫妖們事不關己地對著落在遠方的黑點……實際上就是惠恩等一行人品頭論足。

「好啦！既然已經從遠處觀察過他們了，可以收拾收拾回家了吧？」

「欸……關於這一點……」

白聆突然扭扭捏捏了起來。

「嗯？」

「其、其實……」

巫妖們睜大了眼睛，驚訝地看著他們的魔王。

白聆別開了視線，囁嚅地說：「人家想跟他們做朋友。」

「朋──妳說什麼！」

巫妖們異口同聲地狂暴大喊。

「嗚、嗚啊，對不起啦！」

白聆再次縮成了一團。

「呃啊啊啊啊！怎麼又來啦！」

「咕哇哇哇哇──」

第一天魔境，一處荒蕪的曠野，惠恩、雪琳等人再次遇上難關。

不久之前，他們從城鎮裡狼狽地逃了出來，費盡九牛二虎之力，好不容易才甩掉了那群殭屍。

耗盡體力的他們，也不管體面不體面，直接癱倒在地上休息起來。

正以為事情告一段落了，豈知這時候……

哀鳴聲再度刺激耳膜，連地板都還沒躺熱的眾人，瞬間驅退倦意，像是被踩著了尾巴的貓般迅速跳了起來。

映入眼簾的是出現在十數肘之遙，數量多達百來隻的不死怪物。

「這些傢伙，難道就這樣一直追過來啊？」帕思莉亞害怕地大叫。

「不會累嗎？」

彌亞也瞪著眼睛咋舌，他們完全被打了個措手不及。

不停掉落皮屑的破碎軀體上傳來陣陣撲鼻惡臭，眨眼間，殭屍們已經逼近到了幾乎可以直接撲上來的距離。

「喝啊啊啊啊啊！」

雪琳當機立斷，拔劍發出怒吼，迎向了步履蹣跚的殭屍。

劈砍，然後……肩撞、踹開！

所有動作一氣呵成，被她一腳踢飛的殭屍尖叫著跌入怪物群裡，絆倒了更多怪物。

「咕啊啊啊啊——」

銀髮少女輕而易舉地製造出了一堆殭屍的小山。

她蹬踏地面，身體在半空中迴旋，順著重力讓劍尖劃出圓弧，轉瞬間又殺退了一排怪物。

可是，面對上百隻殭屍，任憑銀髮少女的武藝再怎麼高強，也不可能完全阻擋得了。更多殭屍像潮水一樣越過她的防線，搖搖晃晃地朝後方襲去。

「可、可惡，別無視我！」

「呀啊啊啊！」

「雪、雪琳！」

雪琳正打算回頭馳援伙伴，一抽腿卻驚覺動彈不得。低下頭來一看，只見剩下半截身體的殭屍牢牢抓緊了她的腳。

「噫呀！」

雪琳臉色發白。

就在她動搖的瞬間，其他殭屍趁機攀上她的身體，或是糾纏四肢。

雪琳發出怒吼，試圖掙扎，但怪物的數量實在太多了，一下子就將她整個人淹沒。

「雪琳！」

「快跑！」

正打算支援的惠恩和帕思莉亞，聞言一愣。

殭屍堆疊起來的小山中，傳出了銀髮勇者的高喊。

「我不會有事的，帕思莉亞，保護好彌亞小姐！」

「啊，是、是！」

「還有惠恩，拚命跑，我們之後再會合。」

「可、可是……」

「惠恩大人！」

兔耳少女拉住了惠恩的手腕，魔王吃驚地眨了眨眼。

「現在我們過去也只是變成人類乳牛的拖累而已，照著她說的快跑吧！」

「帕思莉亞，妳……」

「她不會有事的，惠恩大人，現在更重要的是保住我們自己的性命啊！」

顯然就連帕思莉亞也沒有十足的把握。

深紅色的眼眸充滿著急，兔耳少女哀求的目光，彷彿希望他不要意氣用事。

惠恩咬牙。

「好吧！」

「咕啊啊啊？」

「惠恩大人，小心，他們衝過來了！」

「喝啊啊啊啊！」

藍髮少年睜大雙眼，一鼓作氣跑到了大隊殭屍的面前。

他故意藉著大動作吸引殭屍的注意力。

「想要餐點嗎，那就來吧，不過得先抓到我才行啊！」

不顧帕思莉亞在背後的叫喊，他把自己當成誘餌，目的就是為她們兩人創造逃脫的機會。

他大膽的行動似乎真的奏效了，殭屍們紛紛撇下帕思莉亞與彌亞，轉頭追在惠恩後方。

「他們被殭屍們追上了。」

隱形的高塔上，巫妖們注視著下方的局勢發展。

大批不死怪物襲來，勢單力薄的闖入者無法承受如此衝擊，被一分為三，各自奪路逃命。

對於這樣的光景，巫妖們司空見慣。

「真是大意啊，不死者可是不知疲累為何物的存在呢。」

「再過不久，他們也會加入我們的行列。」

「那個女生……不會有事吧？」

看著遭到殭屍沒頂的銀髮少女，白聆露出了擔憂的表情。

在旁的巫妖不贊同地搖了搖頭。

「既然敢踏入死境，想必她也早就有所覺悟。」

「可是……」

白聆這副猶豫不決的態度，反而令巫妖們更為不滿。

「有句話我們一定要說清楚，關於您想和凡人交朋友這件事，勸您還是死了這條心吧！那些壽命短暫的傢伙，根本沒有任何一點配得上您。」

「嗚！」原本還試圖反駁的白聆，被巫妖們一瞪，嚇得把話吞回了肚子裡。

「這是為了您好，唯有這番道理，今天一定要讓您明白不可。」

「不、不會吧……」

穿著純樸農村服裝的少女，露出驚慌的表情，瞳眸搖曳。

要、要說教！

異常的氣氛讓她想要拔腿開溜，但巫妖們一下子把她團團圍住。

「為了您的成長，偶爾也必須嚴厲一點，請做好準備吧！」

只有在這個時候，巫妖們看起來比任何東西都可怕。

少女發出了呻吟。

「呼……呼啊！」

奔跑的藍色身影吐出沉重的喘息，顯示著已然瀕臨極限。

然而他清楚地知道一旦停下來，將會大大不妙。

「嘎啊啊啊啊！」後方傳來的刺耳吼聲讓人心驚肉跳。

大隊殭屍殺氣騰騰，緊追不捨。

「嗚！糟、糟糕！」

惠恩回頭瞥了怪物們一眼，額頭冷汗直冒。

雖然是自己主動引走殭屍，可是他在這麼做的當下，根本沒想到該如何擺脫它們。

面對完全不會感到疲累的不死生物，被追上似乎是遲早的事。

難道……一切會這樣結束？

一想到被殭屍狠狠撕成碎片的下場，惠恩就克制不住地渾身發抖。

突然。

「呃啊！」

他猛然撞上了某樣東西。

處於全力奔跑的狀態，毫無防備的惠恩登時摔了個四腳朝天，但被殭屍抓到的恐懼又讓他馬上站起。

「怎麼回事，這、這是……牆？」

前方被無形的東西擋住了去路，惠恩跪在地上一陣摸索。

與此同時，一座高塔褪去了偽裝，赫然浮現眼前。

驟變的景象令惠恩大吃一驚，一轉頭，只見殭屍們越來越逼近。

沒有其他選擇了。

把心一橫，他縱身竄入高塔的入口。

跨進細狹的走廊，雖然沒有燈火，惠恩卻能隱約感知階梯的高度，接連拾級而上。

小心翼翼前進了一段時間，微弱的話語聲沿著前方通道隱隱約約傳來。

「說過多少次了，身為第一天魔境的大王，應該捨棄不必要的憐憫，時刻保持威嚴才！妳真的有做為魔王的自覺嗎？」

「嗚！」

「從今天起，妳那種喜歡觀察闖入者、對他們充滿好奇心的行為，必須徹底改正。」

「哎！」

「還有，以後禁止再拿雞毛蒜皮的小事妨礙我們做研究。妳就是時間太多、遊手好閒，才會到處惹麻煩。現在開始，妳被禁足在伊特大人的圖書館裡了，除非每週準時交出讀書心得，否則不准離開。」

「嗯嗚……最後一條可不可以稍微高抬貴手……」

「還敢頂嘴？」

「哇啊！」

過遠的距離使得惠恩聽不清楚對話內容，但至少知道悲鳴聲是出自於一名可憐的少女。

階梯的末梢出現在眼前，最高處是一座平臺。

突然發現闖入者，巫妖們詫異地轉過頭。

「什麼人？」

從惠恩的角度看來，眼前是一群披著黑衣的不死族怪物，將一名少女團團圍住的情景，而那名少女不知為何是一副跪地正坐的姿勢。

少女淚眼汪汪，驚駭莫名。

「可、可惡，你們這群怪物！休想傷害她！」
「啥米？」
「快從她的身邊離開！」
惠恩大喝一聲，不知從哪裡抓了一枝木棍，朝巫妖們衝了過去。
看著突然出現又直衝過來的少年，巫妖們嚇了一跳，下意識地讓出一條路來。
「到底是怎麼回事？」
「我才想問吧！」
揮著木棍將不死怪物們驅散趕開的惠恩，隨即護衛在少女身前。
「妳沒事吧？那些怪物有沒有對妳怎麼樣？」
「嗯……啊，沒、沒事……」
「放心吧，我會保護妳。」
「咦，欸？」
「馬上就救妳出去……啊，不……要怎麼救……」
將嘴巴張得老大的少女——白聆，面對突來的變故不知所措。
不只是她，就連巫妖也是如此。
巫妖、兩名少年少女僵持著，無人注意到藍髮少年嘴角的抽搐。

身體動得比理智還要快。

回過神來之時，自己已經站在少女身前和怪物們對峙。

無法明白原因，但看見那名少女的處境，惠恩怎樣都無法坐視不管。

在心中迴盪的某股聲音在驅使他，或許那就是答案。

看見在巫妖包圍下瑟瑟發抖的白聆，他將她的身影和貧民窟內的某些人重合了。

「臭小子，趕快把她交出來！」巫妖們氣得大吼。

「我、我不交！」

惠恩儘管害怕，卻絲毫不肯退縮。他無法辨別眼前的巫妖和殭屍究竟有何不同，但不管哪種怪物都很恐怖。

但他不知道的是，巫妖與他同樣驚恐。

「白、白聆大……快過來！」

「咦，啊、啊啊啊？」

白聆連眨著眼，左右擺頭。

頭上冒下了一滴冷汗，她真是前後為難。

一邊是伸出了手，殷殷企盼的巫妖；另一邊是素不相識，卻衝出來說要保護自己的陌生少年……

第一天魔王，站在命運的轉捩點，面臨著此生前所未有的重大抉擇。

被、被抓回去的話，要被關在圖書館裡……

決定了！

「唔，我不過去。」

「什麼！」巫妖們大驚失色。

想不到白聆拉住了惠恩的衣角，任憑他們怎麼呼喚，始終緊緊挨在他的身邊，不願離開半步。

「為什麼會這樣啊啊啊？」

慌亂的巫妖們不明白為何魔王大人一反常態，驚訝得下巴都要掉了下來。

在他們眼裡，白聆分明是遭到陌生的少年劫持。

雖然很想馬上將魔王救出來，巫妖們卻遲遲無法動手。

究其原因，在於這裡的巫妖們，職業是「魔法師」，而非戰士。

無論再怎麼厲害的魔法，都必須花費時間詠唱，而詠唱期間，魔法師卻比什麼都還要脆弱……

如果是實力達到一定程度的戰士，就能在魔法師唱完魔法之前打倒他們。

突破重重障礙登上塔頂的惠恩，在他們看來正猶如經驗豐富的冒險者，畢竟若不是實力超群的冒險家，怎麼可能深入死境的心臟地帶？

巫妖們憑藉常識所做出的推理不能說錯，但恰恰好侷限住了自己，因為過於害怕而無法輕舉妄動。

如果這時候巫妖們能放棄「使用魔法」的想法，直接靠人數優勢上前，或許就能打破均衡。偏偏這些巫妖生前死後都在鑽研魔法，完全想像不出「不靠魔法解決事情」的可能性。

結果，他們只能光憑叫嚷不斷恐嚇惠恩，雙方就這樣不敢動彈，陷入了彼此互相牽制的僵局。

大眼瞪小眼，所經歷過的時光宛如一場折磨。

就在雙方的耐性快要耗盡之時……

「找到了！」

塔頂的入口傳來了第三方的聲音。

「對，惠恩老闆的氣息就是從這裡……」

緊接著，負傷的雪琳、帕思莉亞，以及彌亞出現在通道處。

「這、這裡也有不死怪物嗎？」

雪琳驚訝地大喊，右手快速地搭上劍柄。

「是那個女人！」

「連殭屍都打不倒的傢伙嗎？」

雪琳的出現使得巫妖們大受驚慌。

鮮明的銀髮象徵，他們認出來人就是被殭屍壓在底下的女子。遭到那樣的圍攻還能活蹦亂跳地跑出來，簡直比怪物更像是怪物。

「看我收拾你們！」

「嗚、嗚哇！快逃啊！」

巫妖們完全喪失了戰意，朝著塔的另外一側落荒而逃。

雪琳緊追在後，卻發現原來塔的另一面另有出口。聽著黑暗甬道裡傳出來的凌亂腳步聲，銀髮勇者放棄了繼續追擊的打算。

確認怪物遠離後，她收劍入鞘，返回伙伴的身邊。

帕思莉亞正在檢查惠恩的傷勢。

「嗚嗚，幸好惠恩大人沒有大礙……」

「妳太誇張了，帕思莉亞，只是一點小擦傷而已。」

一從劍拔弩張的對峙情勢中解放出來，惠恩便整個人沒了力氣，張開雙腿癱坐在地上。

儘管帕思莉亞大驚小怪地哭哭啼啼，但是他身上其實沒受到太多傷，頂多是因為被殭屍追趕太久鬧得側腹部很疼痛罷了。

帕思莉亞和彌亞也都沒事。幸虧惠恩吸走了大半殭屍的注意力，兩人才得以安然撤離到安全的位置。

而帕思莉亞在安置完彌亞之後，便回頭支援銀髮少女，從遠處施展了火焰魔法，炸開殭屍替她解危。

「所以……雪琳的傷勢才是最重的，是嗎？」

「好了，別這樣看我，這一點點小傷算不了什麼。」銀髮少女撥了撥被鮮血染紅的亂髮，有點不太自在地說道。

原本乾淨美麗的秀髮，如今變得毛躁凌亂，上頭的血跡不用說，當然也不可能會是殭屍的血。

雪琳的衣服也變得破破爛爛，滲血的傷口和肌膚裸露在外，還是彌亞看不過去，先拿自己的披風替她蓋著。

「只要靠著勇者的自癒力很快就能恢復了，還是先處理最重要的事情吧！」

雪琳搖搖頭結束了這個話題，然後，把視線轉向他處。

眾人也隨即明瞭，她所說的「重要的事」，指的就是白聆。

被巫妖留下的藍髮少女，現正一臉驚惶地坐在該處，下意識地挪動著身子往惠恩靠近。

彌亞抱著手臂上下打量藍髮少女。

「這位……姑娘是哪裡來的？」

「第一天魔境內除了我們還有別的活人嗎？」

帕思莉亞疑惑地歪著兔耳朵。

沙沙晃動著銀白色的頭髮，雪琳令白聆感受到了如刺針般的視線。

這個人……最可怕，要戒備。

望著勇者懸在腰間的佩劍，第一天魔王膽顫心驚地直打哆嗦。

「那、那個……我、我不是什麼可疑的人。」

這句話適得其反，白聆話說出口後立刻就後悔了。

「我……那些巫妖把我抓來，想對我做很壞的事情。」

對，他們打算把我關在伊特的圖書館，我、我才沒有說謊！

白聆悄悄地握緊雙拳，在心裡不斷為自己的行為尋求正當性。畢竟在巫妖背後說他們壞話，她還是會有罪惡感。

「嗯……在我遇見白聆小姐時，她正被不死怪物團團圍住。」

「那、那就是在欺負我！」

白聆高聲叫了起來，但眾人集中過來的視線隨即又讓她覺得很羞恥，臉頰像被火燒，迅速地低下頭去。

不管白聆的說詞如何，都完全無法說服雪琳、彌亞等人。

「啊！難道……」

此時，帕思莉亞忽然想起了什麼，只見她翻找出那厚厚一大本的地理書。

「果、果然是這樣！」

「喂！我說妳，那些騙小孩子的話以為真的會有人相……嗚啊！臭兔子妳幹嘛拉我？」

白聆汗流浹背，看著帕思莉亞窸窸窣窣地把眾人拽到一旁。

一行人把第一天魔王晾在旁邊，圍成一圈熱烈地討論了起來。

「啊，這麼說來……」

「真的是……但為什麼？」

「不管如何，暫時還是先別違逆這位大人的意思……」

吱吱喳喳的細聲討論，白聆無法完全聽清，但時不時有人抬起頭偷偷看她。

指指點點的目光令她渾身不自在，流著汗水持續宛如拷問般的等候。

終於……

像是有了個結論出來了。

「這樣迂迴可不是我的作風，如果不敢確定，直接問她不就好了？」

「笨、笨蛋啊妳……」

雪琳大步走來，皺著眉單刀直入地問道：「喂！我問妳，妳是不是就是那個第一天——

嗚呃，你們幹什麼？」

「雪琳，拜託等一下……」

「就跟妳說過不要輕舉妄動啦啊啊啊！」

帕思莉亞和惠恩從後方撲上。兔耳少女和銀髮少女不顧形象地扭打在一起，這幅景象讓白聆迎來了最高潮的冒汗。

「第、第一天什麼？」

「她、她是說，妳是不是第一天來到這裡啦……啊哈哈哈……」

惠恩僵硬地打哈哈，但這樣的解釋完全無法緩解白聆的忐忑。

「不好意思，讓妳見笑了，白聆小姐。這麼說來，妳也是不死生物的受害者囉！既然如此，要不要跟咱們一起行動，等咱們的事情辦完，就護送妳離開死境，如何？」

「咦？」

望著說話的黑皮膚獅耳女郎，白聆驚訝地張大了嘴。
彌亞露出營業用笑容，親切地望著藍髮少女。
「放心，咱們不是壞人。」
「啊嗚……」
「姐姐是說真的，不用怕！」
彌亞彎起眉眼，再次露出親和笑容。
涉世未深的白聆馬上就上當了，神情明顯放鬆不少，但內心還是隱約有點不安。
彌亞用手肘頂了頂惠恩。
「如、如果白聆小姐願意和我們一起行動，我當然也是很高興啦！哈、哈哈哈……」
惠恩趕緊附和，不過心虛游移著的視線，給人一種不怎麼牢靠的感覺。
但是白聆根本無法分辨。
倒不如說，從惠恩挺身站在她身前對抗巫妖那時起，她看向藍髮少年的眼神，就和平常完全不一樣了。
而這一點細微的變化，可逃不出彌亞的法眼。
就如同這時，光是聽見惠恩口中說出高興兩字，就露出喜孜孜的笑容，偷偷地想要更靠近一步的模樣，就是最好的證明。

「當、當然好！請、請多多指教。」

白聆臉上堆滿笑容，面對少女突然展露熱情試圖偎近自己，惠恩一時不知所措，只能不斷搔著頭苦笑。

至於彌亞，則是在一旁噗哧偷笑。

接下來就待雪琳和帕思莉亞結束撕打……但那也已經是好幾分鐘以後的事了。

第一天魔王白聆——加入了隊伍。

「呼……呼……呼……哈……」

跑了好幾百肘，直到背後高塔的景象消失在矇矓的薄暝裡，一路狂奔的巫妖們才終於停下腳步，上氣不接下氣地癱倒在地。

這樣說或許有些誇張，巫妖們當然不會喘氣，它們早已不需要呼吸，肉體也不會感覺到疲勞，但是生前身為貧弱魔法師的殘存記憶卻依然存在。

更何況，即使身體不會疲累，心靈未必也是如此，此刻的巫妖們陷入了極大的混亂與驚恐，呈現六神無主的狀態。

「糟糕了，白聆大人落入那幫人的手裡了！」

「不行，一定要把她救出來不可。」

「要怎麼救啊！那些傢伙裡頭有個連殭屍都奈何不了的存在耶！」

巫妖們你一言、我一語，難掩慌亂。

「大、大家冷靜下來，我們是大陸上最頂尖的魔法師，沒有什麼事情是辦不到的，只要好好用用腦筋……」

一名巫妖大聲疾呼。

聞言，巫妖們稍微從混亂中恢復了過來。

「不過，最讓我在意的是，當時為什麼白聆大人不肯過來……」

回想起魔王當時拒絕配合的怪異舉動，巫妖們儘管不必呼吸，卻還是倒抽了一口冷氣。

「難、難不成……白聆大人從以前就一直嚷著想接近凡人，這次她總算是逮到機會了。」

「要是我們去營救，該不會惹得她不高興吧？」

巫妖們所能想到的唯一的理由，就是白聆是故意被帶走的。

或許是因為死境內實在太缺乏活物了，對於生者，第一天魔王一直存有濃厚的興趣，就連最苦口婆心的巫妖都無法勸止。

但是，對巫妖們來說，這可不是可以輕鬆地說著「那好啊，就讓她好好去玩吧」的事情。

雖然不是關係緊密的主從，但畢竟還是主從，巫妖們本能地具備以白聆的安危為最優先考量的天性。

「唯一慶幸的是，我們不用顧慮白聆大人受傷的可能性……不管刀劍、魔法，還是丟進火山口，甚至連伊特大人都無法損傷她的軀體分毫。」

「但我們還是要盡快做出應對啊！我們的魔王被一個野小子綁走、拐走、騙走，萬一時間拖得久了，白聆大人說不定會傻傻地聽信那個混帳的花言巧語，被迫變成替那個登徒子洗衣煮飯帶小孩的黃臉婆，那就糟糕了。」

「嗚哇哇！白聆大人那種笨蛋怎麼可能做得好家務……我是說，怎麼能紆尊降貴去做那種事情？」

說到激動處的巫妖們，好像完全沒有注意到自己越說越歪。

「不、不管怎樣，還是先將此事稟報伊特大人，請她做出定奪吧！」

一名巫妖這麼提議，隨即得到了同伴的贊同。

事不宜遲，巫妖們即刻向著籠罩在暗霾之中的死境深處動身。

Unemployed Heroine and Devil's Guard

間幕.1勇者

晨風自蒼藍的東方天空吹拂而來。

起伏平坦的丘陵地，綿延不絕的翠綠山丘，位於「第六天魔城」北方數十公里之處。

瑪丘的草原上密密麻麻地布滿了人群。

營地間有晨炊的輕煙，有溢流的低語，旌旗迎風獵獵飄揚，甲衣交互碰撞發出了琳琅聲響。

然而來此來來去去的，並非魔族。

數百支旌旗豎立在其周圍，旗幟上紅底金邊的雄獅圖紋，本來絕不該出現在「第六天魔境」境內，這是人類大國「中之國」的皇室圖騰。

這支軍隊來此駐紮，已經是第二天了。

這是人類軍隊第一次如此深入六天魔族的腹地，人們的眼神略帶不安，但依舊對周圍的景物充滿了好奇。

在一處地勢特別高的山丘上，一名男子將劍擱在腳邊，坐在青草地上無言地望著遠方。

翠綠森林的上方，即使隔著這麼遙遠的距離，還是可以看得見那座巍峨壯闊的第六天魔城。

男子帶著扭曲的表情咋了咋舌。

吟遊詩人們說得天花亂墜的詩歌裡，無數次出現了頌讚這座城市之美的語句，過去他從不曾相信，直到此刻。

不得不承認，人類的城市沒有一座比得上她的美麗。

男子再次為了不得不摧毀這樣的美麗而發出嘆息。

他們是戰士，不是來觀光，而是來打仗的。

所謂的戰爭，就是要將出現在面前的所有障礙全部掃除，或刀劈、或斧斫，不管用的是什麼方法，都不能說不是一種醜陋的行為。

男子已經過了會對在沙場上拋灑熱血而興奮的年紀了，如果是現在的他，應該只剩下冷血了吧！

「凱黑爾大人。」

就在男子胡思亂想時，背後有人出聲叫他。

「提林大人。」

氣喘吁吁地爬到山丘頂端，光頭的提林按著膝蓋了休息好一陣子，才說：「想說哪裡都找不到您，原來是跑到這種地方來了，是在偵查敵情嗎？」

「您真是愛開玩笑，目標明顯成這樣，還有什麼好偵查的？我只是在重新感受久違的氣氛罷了。」

提林噗哧笑了。

「我沒有聽錯吧？又不是新兵了，想不到像您居然也會說出這種話。」

凱黑爾聳了聳肩，打了個馬虎眼，再次看向眼前。

「真是富饒的土地啊！我可以理解為什麼中之國不惜大動干戈，也要入侵第六天魔境了。」

「戰爭後的大家，都過得很辛苦啊。」提林搔了搔下巴。

凱黑爾當然不會聽不出他的意思。

第六天魔族與人類之間長達數百年的戰爭結束之後，留給人們的是滿目的瘡痍，饑饉、物資匱乏……種種問題讓各國傷透了腦筋。

「但是第六天魔族和我們不一樣，他們擁有最得天獨厚的條件，恐怕最快從破敗之中恢復過來的也是他們。」

豐沛的水資源、森林物產，還有可供栽植作物的廣袤沃土，這些優勢確實無法不引起覬覦。

過去有天幕作為屏障，獸人族可以放心地躲在防護罩後面休養生息，但到了現在，局勢截然不同了。

雖然不知道保護魔境的天幕為何消失，但列國都認為這是千載難逢的良機。

「話說回來，中之國這次真是下了重本，居然連我這種半廢的老兵都被挖到戰場，嘖嘖。」

「這是什麼話！北之國赫赫有名的前勇者『神槍王』，如果連你都算是半廢的老兵，那人類就沒有傢伙能打了，不是嗎？」

「你也不遑多讓啊，『第八星』。」

凱黑爾嘿嘿地乾笑了起來。在他們那個世代，人類這方最強的就是中之國與南之國的七名勇者，被人合稱為「七星」，而提林擁有「第八星」這樣的綽號，實力可想而知。

雖然現在看起來，他像是爬個小坡就會腰痠背痛大喊吃不消的樸素中年男人，但實際上絕非泛泛之輩。

像他們這樣曾是勇者的高手在軍營中還有不少，都是中之國從世界各地徵調而來。這種陣仗，自戰爭結束後幾乎再也沒有看過。

「但是，我們的戰力真的可靠嗎？提林，你還能維持多久？」

「什麼？」

「時間啦！我說時間。」

「原來您指的是這個啊。唉，說實話，一天之內能有一、二個小時就不錯囉！」

提林露出「您也是一樣吧」般的視線，凱黑爾點了點頭承認。

「回到故鄉以後，我發現我體內的『勇者之力』消退得很快，現在的我和你差不了多少。」

人類方最強大的作戰單位「勇者」，其體內擁有據說是光之神所賜的超凡力量，使得他們的能力遠遠超越普通人，某些強大者甚至足以和魔王匹敵，因此勇者可以說是運用這股力量戰鬥的人類。

「好像不只你我，大戰結束後的勇者普遍都慢慢失去了力量……嘖！難道說離開了戰鬥，我們勇者最終也會變得和平凡人一樣嗎？」

提林抓了抓他那顆光腦袋。

凱黑爾望著天空小聲地說道：「就算變成平凡人，我也沒什麼不滿……」

「您剛剛說什麼？」

「不……沒什麼，只是這樣子的話，仗就變得很難打了。我很好奇，還有人能夠長時間維持勇者之力嗎？」

「有喔！」

聽見提林明快的回答，凱黑爾睜大了雙眼。

「這是一個很有趣的消息。前陣子我們接獲回報，有人獨自橫越了中之國大平原。」

「那傢伙是瘋子嗎？」

凱黑爾幾乎是想也不想地叫了起來。

大平原是西之國與中之國最主要的地形，然而也是怪物橫行的區域，如果不是結伴而行，或是聘請保鑣的武裝商隊，根本不可能有能力穿越。

「普通人不可能單獨走完那麼危險的道路。」

「普通人不可能，如果是勇者呢？」

凱黑爾立刻深吸了一口氣。

沒錯，如果是幾乎不會疲累、無懼怪物危險、擁有強大力量的勇者，確實可能辦到。

「目擊證人指出，那名銀髮少女自稱由北方出發，目的地是第六天魔境，還在中途單槍匹馬殺死了巨象。」

「真是可怕的實力……等等，你剛剛說什麼？來自北方的銀髮少女？」

目不轉睛地望著大吃一驚的凱黑爾，提林賊賊地笑了笑。

「那名少女的名字是『雪琳』。您不可能不認識她吧！那可是以『白刃姬』之名響徹天下的勇者，而且，還是您的徒弟。」

「不，我其實也沒……還是算了。」

凱黑爾神色複雜，搖頭嘆了口氣。

提林抱著胸口望向遠方說：「如果這項傳言是真的，那雪琳就是目前唯一一個還能二十四小時處於全盛期力量的勇者。她是人類最強的戰力。」

「你……有她的所在消息嗎，提林大人？」

提林搖了搖頭。

「沒有。不過，既然白刃姬說要前往第六天魔境，想必會突破萬難。既然現在天幕降下，我想她應該有很大的機率就在這片土地上。只要找到她，我們的勝算會更大，再也沒有什麼能阻擋得了我們……就連『那個』也一樣。」

提林瞪著天空，凱黑爾則是露出一副快要斷氣般的表情，拚命忍耐著不翻白眼。

在那半邊的天空，有著他們一直以來極力躲避的東西存在。

「那個」正緩緩穿越平野。

「那個」噴出來的濃煙把天空攪得一塌糊塗，運行時發出的轟隆噪音，讓人們聽了心臟都快要停止，宛如惡魔的怒號。

在那個東西的背後，大地被糟蹋得體無完膚。上下翻攪過來的泥土、橫倒的草木、長長的溝痕。

這是瑪丘存在以來經歷過最痛苦的生態浩劫。

在瑪丘遙遠的另一頭，第四天魔族想必也是因為同樣的理由而按兵不動。雙方合計六萬多人的部隊，在它的面前絲毫不敢輕舉妄動。

「風不轉城……」

凱黑爾的面容扭曲了。

「可能打倒那個東西，您忘了它一發就把穆斯多夷為平地了嗎？」

「沒有什麼是不可能的，凱黑爾大人。我們勇者，不就是為了扭轉那些不可能的事情而生？」

晃著灰白頭髮的凱黑爾眨了眨眼。

提林的語調突然變得慷慨激昂。

「若是說到身體能力，人類本該不是魔族對手，就連魔法天賦也是。可是得到光之神的祝福後，我們甚至連魔王都可以一戰，這就是勇者的力量！我相信只要找回白刃姬參戰，到時候必有奇蹟。」

就算是有史以來不敗的惡魔兵器，也將迎來末日！提林沙啞的聲音堅決地說著。

凱黑爾的思緒十分紛亂。

奇蹟……

他的心中浮現這個名詞。

不管怎麼說，人類和第四天魔族的軍團不可能永遠待在這裡，他們只是想拉開和風不轉城的距離，終究還是會行動。

就算第五天魔族和第六天魔族會率先發生衝突。

但無可避免，所有勢力都一定會聚集在第六天魔城之外。

在那裡，一定會發生什麼事情。

久戰老兵的直覺，讓凱黑爾有這樣的預感，有這樣的堅信。

……妳真的會在這件事裡，扮演著重要地位嗎，雪琳？

Unemployed Heroine and Devil's Guard
間幕.2 少女

很久很久以前。

有一名少女。

少女的雙親是商人，打從有記憶開始，她與家人就不斷在大陸各國經商移動。

那時是戰亂的時代。

互通有無的商人常常遇到危險，異鄉的土地、異族的貿易，隨時都有可能遇上對方翻臉不認帳的情形，或是因種族仇恨遭受蠻不講理的殺戮。

但為了生存，不得不咬著牙苦撐。

少女逐漸長大，開始幫忙父母親做生意。

就在某一次，他們所屬的商隊決意要通過「死境」。

到底是什麼原因呢？現在已經無人知曉。或許是根本不相信流傳在那片土地的詛咒，或許是有更急迫的情況逼使他們選擇危險的路徑，甘冒禁忌踏入從未有人膽敢踏足的土地。

在途中，少女偶然間撿到了一串項鍊。

不知這項寶物真正奧祕的少女，將閃閃發亮的美麗首飾戴在胸前，繼續踏上了旅途。

而後，就如理所當然的發展，商隊碰上了不死族，全滅了。

然後……

又不知過了多少年，這名少女——的身體，於無盡的寂靜中再度站了起來。

此時的少女已經沒了心跳，已經不需要呼吸，不再感覺到寒冷。

時間實在太過漫長了，讓她忘記了所有的記憶，不知道自己是誰，不知道該往哪裡去，茫然地在荒原徘徊。

不知飢渴也不知疲憊的少女，一步一步地走向死境中央。

在那裡，她獲得了第二天魔族與巫妖的迎接。

還得到了第二天魔族為她取的新名字——白聆。

最後，少女成為了第一天魔王。

ch.4 臉紅心跳的溫泉之旅

籠罩在紫色天空之下的無盡荒原，不知不覺間已走到了盡頭。

從這裡開始地勢稍微抬升，但坡度不算陡峭。

沿途有著鋪路石的痕跡，周圍還殘存著一些石柱、圍欄，推測應該是遠古文明遺留下來的棧道。

只是，究竟是什麼人建造了這些設施呢？

即便問帕思莉亞，也得不出一個所以然來。

眾人爬到禿山的半山腰時決定結束今日的旅程。

「今天就先休息吧！」

第一天魔境內沒有日月升降的變化，令人失去時間感。他們並沒有刻意安排多少時間內要走多少路，總之就是走到累得不能再動了為止。

附近有個坍塌的涼亭，正好可以當作休憩處。

「真是的……好想要有一輛馬車喔！」

「帕思莉亞，別再抱怨了，努力邁動妳的那雙小短腿吧！」

「妳妳妳，妳說什麼！臭乳牛，別以為腿長了不起！」

銀髮少女和兔耳少女總是吵吵鬧鬧，就連在涼亭內安頓行李時，也不忘互相拌嘴，惠恩則是笑著要白聆不要大驚小怪。

不過說到必須安頓的行李，惠恩一行人此刻倒也沒什麼長物。

上次逃離殭屍時，他們就將馬車以及大部分的行李都遺落在城鎮之中了。當時的情況，根本不容許他們從容地收拾裝備，而是分秒必爭，每個人只能手邊有著什麼就抓起什麼，然後一口氣衝出。

惠恩順手拿了一只鍋子和食器，帕思莉亞帶走了地理書，雪琳帶的是武器，而彌亞則是一條睡覺用的毛毯……

望著彼此手中僅存的物資，每個人都嘆了口氣，心知與乘坐馬車旅行的時期相比，接下來的路程將會更加辛苦。

儘管如此，誰都沒有抱怨。他們還是努力地用兩條腿，一步一步縮短和第一天魔城之間的距離。

「啊！那裡……」

眾人望著兔耳少女手指的方向，就在地平線……不對，山稜線上，遠處禿山的山頂，深藍色的氤氳薄暗之中，隱約可見一座城堡的輪廓。

「那就是，第一天魔城嗎？」

「我們的目的地……」

彌亞和惠恩先後脫口而出的話中，蘊含著兩種不同的心情。

「姐姐要先謝謝各位。」

向來豪爽大方的獅耳女郎突然以端正的坐姿，正色向眾人深深鞠了一躬。

「請別這樣，彌亞小姐！」

惠恩慌慌張張地叫了起來，連忙衝上前去將人扶起。

向來掛在臉上的銳氣笑容消失，取而代之的是，彌亞按著心口，語氣中稍稍增添了幾分柔軟。

「若不是各位的幫助，姐姐……今天也沒有辦法來到這裡，大恩大德實在無以回報。」

「請別這麼說，彌亞小姐，朋友之間本來就該互相幫助，不是嗎？」

「惠恩老闆……」

「惠恩大人的朋友就是我的朋友，出力幫忙當然是應該的啊！」

「就是說啊，朋友之間這麼客氣幹嘛？」

帕思莉亞和雪琳紛紛附和，同樣得到了獅耳女郎感激的目光。

溫馨的氣氛，讓白聆在旁不禁小小聲地感嘆著。

「好啦，與其在這裡感傷，不如考慮治療完彌亞小姐的傷勢後該怎麼慶祝，今天大家就先好好地休息吧！」

「雪琳說得對，明天我們就能走完最後一段路，抵達城堡了。」

惠恩望著遠方的山頭，心情無限感慨。

大概是體力真的快要到達極限了，帕思莉亞伸了一個懶腰。

「總算可以好好睡上一覺了吧？」

雪琳點點頭，又接了一句：「自從白聆加入以後，就再也沒有遇到殭屍的騷擾了呢！」

「啊，這個……沒有啦！怎麼可能嘛，哈哈哈哈……」

心虛的白聆不知所措地低下頭，結果害雪琳被帕思莉亞踢了一腳。

「不是叫妳不要隨便亂講話嗎，沒神經的傢伙！」

「哎唷！我哪知道？」

「妳快點出去偵查啦！」

兔耳少女把銀髮勇者推出休息處，不讓她在這裡繼續大嘴巴。

看著兩人又開始吵吵鬧鬧，白聆偷偷想著還是盡量離她們遠一點比較好。

雖然知道雪琳和帕思莉亞都不是壞人，但她偶爾還是不太會應付她們。

相較起來，善解人意，又有著豪爽性格的彌亞好相處多了。只不過，她好像有病在身，常常需要休息，還是別去打擾她。

好在，還有另外一名能讓人放心信賴的伙伴。

只要待在那個人身旁，白聆就會感到既溫暖又放心。

惠恩真的很溫柔，連常常被巫妖們嫌麻煩的自己，他都可以和顏悅色地說話。白聆好喜歡他。

如果自己能做些什麼，讓他感到開心就更好了。

白聆悄悄地走近惠恩身旁。

「嗯，惠恩大人，您在做什麼啊？」

「啊啊，白聆小姐，請叫我惠恩就好了，我們年紀差不多，妳可以不必用這麼尊敬的語氣。」

由於對方看起來不大，惠恩很自然地認為他們年紀差不多，如果他知道實情，想必會非常驚訝吧！

但現在，他正努力地讓雪琳收集到的炭生出火焰。

「話說回來，我正準備做飯。」

「做飯？」

惠恩熟練地將袋子裡的食材倒出來，稍微煩惱了一下。

手邊的材料所剩不多，從城鎮逃出來的時候，只來得及帶走最後一點點。

不過，節省飯量沒有什麼意義，吃不飽的話不會有力氣走路，他最後還是決定舀出應有的分量，開始生火。

蹲在一旁的白聆小小聲地發出了驚嘆。

惠恩看了她一眼，輕輕笑了起來。

那副對什麼事情都感到好奇的樣子，實在相當可愛。

但惠恩不知道，這幾百年來，白聆看見火焰的次數屈指可數。畢竟，不死族不需要進食，她也只有遠遠看過進入死境的冒險家們升起的篝火。

順帶一提，那些冒險家後來全部葬身異境了。

面對露天星空的涼亭門口，嗶嗶剝剝跳濺的火星，吞噬燃料逐漸成長。

「我可以幫忙嗎？」

「當然可以啊！那麼，就請妳幫我處理這些食材吧。」

惠恩想也沒想，將手中的小刀遞給了白聆。

只是把乾糧切一切，再扔到水裡泡開就可以了，根本沒什麼難的。

惠恩露出了親切的笑容，對少女寄予了完全的信賴，卻沒發現對方接過小刀的手正在劇烈地顫抖。

「我、我會努力的！」

彷彿，眼前面對的是有史以來最為艱鉅的任務，第一天魔王吞著口水，無比悲壯、堅決地提起了刀。

「喝啊！」

「哇！」

惠恩嚇了一跳，為什麼切乾糧要發出那麼有氣勢的聲音啊？

而且，握刀的方式完全不對。

白聆傾盡全身之力，同時咬牙切齒，把切蔬果用的小刀當成武士刀，用力揮了下去，一副誓要把對方的腦袋分家的模樣。

不過實際上，差點腦袋分家的不是食材，而是在旁微笑看著的藍髮少年。

「白、白聆小姐！」

「啊？」

「請住手，妳不要拿刀，會、會出人命的！」

嚇出一身冷汗的惠恩，臉上的笑容完全凍結了。

差點就要在異鄉死於非命，然後變成殭屍了……和恐怖的命運錯身而過的少年心有餘悸，汗水狂流，趕緊勸少女放下小刀。

「我錯了，那個，請妳幫我做別的事吧！」

「咦?」

白聆意識到自己似乎搞砸了，雙頰染得緋紅。

「對、對不起。」

「不要緊，這次換這個……」

藍髮魔王再次露出了笑容，只不過這次有點勉強。

用研杵和缽碾碎種子，這應該很簡單吧?

惠恩簡略地說明完，又瞄了白聆一眼，再次確認她是不是已經聽懂。

藍髮少女用力地點了點頭。

「好。」

雖然還是有點提心吊膽，但應該不會再出現什麼意外了吧?

過了一會。

砰!咚!匡!

「嗚、嗚哇!」

「怎麼回事?怎麼會這樣?」

「對、對不起，惠恩大人……」

只見白聆跌坐在地，缽和杵全都打翻在地，種子當然也變成了天女散花，完全不能吃了。

惠恩這下真的啞口無言。

「我、我好沒用……嗚嗚……」

白聆懊惱得想哭，只不過不死族沒有眼淚，就算再怎麼難過，除了反覆露出扭曲的面孔，她什麼都無能為力。

「不，請不要自暴自棄啊，白聆小姐！」

無奈的惠恩連忙蹲下來試圖安慰，卻不知道該說些什麼才好。

但是，總不能這樣一直讓她氣餒下去。

「白聆小姐，就請妳像這樣陪在我身邊吧！」

想了很久的惠恩終於擠出了這句話。

白聆訝異地抬起頭。

「就算幫不上忙也沒關係……不對，應該說，只要妳陪著我，就算是幫了我最大的忙。一個人做菜實在太無聊了，就是陪我說說話也好。」

「只要陪你說話嗎？」

「嗯，這樣就好。」

惠恩想當然耳的語氣，平淡而溫和地驅除了白聆內心的消沉。

「為別人做菜，對我來說是無上的快樂。」

他重新拾起廚具，食材傾入鍋中，燒水，純色的眼眸靜靜地煥發著溫柔。

「這是源自我小時候的記憶，我唯一的家人，在夜空下為我準備食物，溫暖的氣味總是能夠撫慰我。而同時，住在貧民窟的其他人——雖然我們十分窮困，卻總是會一起分享。」

同樣的天空下，共同的空間，黑暗，遙遙相聞的嘈鬧，飄散的廚香……

在那個大得不像話的貧民窟裡，在那些小得受不了的房間中，那些細小得不能再細小，卻又真真切切的痕跡，像是在對彼此宣告：今天你好嗎？是的，我也還活著。

沿著細小的涓流不停地向源頭追尋探索，如果沒有最初一開始滴落的那粒水珠，就不可能劃出那麼細長又美麗的水痕；參天的大樹腳底下，靠的也是不起眼卻牢牢抓住土地的根。

對惠恩來說，一切的一切，或許都來自於那方漆黑的窟室裡，一名女性曾經用清涼的手掌，溫柔地撫著他的頭的記憶。

「我現在也在為妳們做料理，我想為自己心愛的人們提供一個環境，讓她們能夠感受到撫慰，這或許是現在的我唯一能做的事。」

「心……愛？」

「對我來說，每個人都是無可或缺的。」

藍髮少年輕輕掀起了唇角，然後點頭。

「陪伴在我身旁的人，讓我得到了很多……很多……」

頭一個想到的是銀髮少女。

「比如雪琳，雖然個性直接，卻相當有責任感，要是沒有她的保護，我絕對無法抵達這裡。她的勇氣讓我學習到很多。」

看到她那無懼任何艱險、筆直衝在最前線的背影，可以說正是如此改變了惠恩的命運。讓他不再躲在堅固安全的城堡內，而是起身挑戰曾經視而不見的不公不義。

當然，或許還有別的原因……

「雪琳小姐嗎？我、我有時覺得她有點可怕……」

「哈，不會的，她只是有時候緊繃過了頭，其實人很溫柔。」

「噢！」

白聆似懂非懂地點了點頭，捧起了惠恩不知何時準備在她手邊的熱茶。

惠恩一邊微笑，一邊在漸漸煮沸的鍋中加入了香草。

白煙徐徐上升，聞著湯鍋裡飄散出來的舒緩氣息，藍髮少女輕輕地闔起了雙眼。

「接著是帕思莉亞，她可是我們最重要的嚮導喔！」

也是陪在自己身邊最久的人。

兔耳少女從不質疑，全心全意地支持著他。

要充分熬煮出香氣需要一段時間，惠恩把握空檔，俐落地削起了馬鈴薯皮。

白聆捧在手中的熱茶卻沒有就口，兩人的視線投向了不遠處的彌亞。她鋪開睡袋，將自己縮成一團，靜靜休息。

「彌亞小姐也是嗎？」

「當然。」

飽受「魔力的不正常集中症候群」折磨的彌亞，大量魔力在體內積散不去，影響了正常的生理機能，導致常常發高燒、疼痛，或是全身乏力。

獸人族平民不像名族天生具備感知、操縱魔力的本領，雖然肌力和心肺耐力較強，但若不小心接觸到了帶有高濃度魔力的物品，就會引起抗拒反應。

小則感覺不適，嚴重則會導致昏迷，甚至死亡。

明明是眾人之中最辛苦的人，她卻一句怨言也沒有，在旅程中無時無刻不展露堅強的一面，努力保持清醒，並用樂觀的態度看待所有事情。

只在睡夢中，她才會露出咬牙忍耐痛苦的表情，讓人看了不禁為之心疼。

魔王一直沒有忘記此行的目的——向第二天魔王求取解救彌亞之法。

他一定會拯救她。

惠恩將眼中所見的「未來」寄託在獅耳女郎身上。

擁有統合下階層的人民，令西市場浴火重生，更成功完成星見祭的實績，惠恩相信彌亞就是第六天魔族日後所需要的領導人才。

因著奈恩的脅迫，他預期自己也許永遠無法踏入故土。

即使如此，還是要有人留下來照顧人民、制衡名族、對抗奈恩……為了給子民留下最後一線希望，他要將彌亞留給第六天魔族。

聽到這裡，白聆露出困惑的表情，輕輕歪了頭，生出了複雜的思緒。

這樣的信任與情感，總覺得有點欣羨呢！

「那麼……我呢？」

「咦？」

「我是不是也對惠恩大人有所意義呢？」

聽見藍髮少女的疑惑，魔王眨了眨眼。

白聆帶著天真無邪的表情，輕輕攬住了惠恩的手臂。由下而上投來的視線裡，隱含著一絲緊張與期待。

惠恩的眼睛睜圓了。但是，隨即，回應了毫無猶豫的肯定話語。

「一定。」

聽到惠恩想都不想脫口的果斷回答，白聆嘴巴張得好開，臉頰慢慢燒紅。

少女小小地雀躍著，綻出猶如死境中稀珍花朵般的笑靨。

「謝謝你，惠恩大人。」

見白聆恢復了好心情，惠恩也笑了起來。

「啊，她們回來了。」

此時，出發到附近巡邏的帕思莉亞和雪琳先後回來了。

帕思莉亞只是在涼亭的附近繞了一遍，所以回來得比較早，一聞到煮湯的香氣便頻頻嚷著好餓。惠恩笑著要她忍耐一下，等雪琳回來就能開動。

兔耳少女望著湯鍋，吞著口水坐立難安，就在這時候，雪琳也回來了。

「開飯！」

「開飯！」

前腳才跨進亭子裡，幾乎是同時間響起了高矮少女的二重奏。

連同隨後被叫醒過來的彌亞，眾人圍繞在火堆旁，開始享用抵達第一天魔城之前的最後一餐。

「咦，白聆，妳怎麼不吃？」

「啊，咦，唔……啊，我吃……」

捧著湯碗發愣的白聆，慢了整整一拍才回答帕思莉亞的提問。

直到此刻才驚覺某件事的藍髮少女，大腦陷入了嚴重的當機狀態。

……到底要怎麼吃飯？

不死族不用進食，而且也沒人知道吃了東西會怎麼樣，就連巫妖也無法回答這個問題。白聆當然，在這千年以來，一次也沒有吃過東西。

說起來，在變成不死族之前一定也需要吃飯吧？只是那樣的記憶早就隨著漫長的時間不知道風化到哪去了，她根本沒有半分生前的記憶。

不管怎樣，這可是惠恩大人做出來的東西！

她鼓起勇氣，將溫熱的湯碗湊近嘴唇，一口氣灌下。

「嗚喔喔喔喔喔喔——好喝！」

白聆瞬間感受到了直透靈魂深處的衝擊。

食物的「味道」和「溫暖」，甫嚥入口中，一路鑽入五臟六腑，所獲得的是至高的幸福。

「嗚嗚嗚嗚嗚……」

前所未有的驚奇體驗，「美味」的感動流遍全身，她淚眼汪汪，無法言語地抱著湯碗激動不已。

「好啦好啦，哈哈哈哈！」

誇張的反應惹得惠恩和彌亞捧腹大笑。

帕思莉亞口齒不清地大嚷：「呼呼！惠恩大人的……唔唔嗯嗯果然是世界上最好粗的，能跟著這樣的主倫，帕思莉亞實在太幸福了！稀里呼嚕——」

「喂喂喂！笨兔子，把東西吞下去再說話，別噴得到處都是好嗎？」

然而雪琳的抗議毫無效果，帕思莉亞含著食物，發出一連串意義不明的抗議聲。

「這兩個，不，三個餓鬼……」

彌亞笑著搖了搖頭。

現在就連白聆也正式加入了餐桌上的沒禮貌組的行列了，不過，野餐果然還是要這樣熱熱鬧鬧的才有趣。

「唉，姐姐每次都是茶來伸手，飯來張口，也覺得有點不好意思了呢！若是有機會，應該換姐姐做一餐飯來報答惠恩老闆。」

「哦，彌亞小姐的廚藝很好嗎？」

「嘿！姐姐雖然是做勞力活的，但說到做菜嘛，簡單的鐵匠餐還難不倒我！」

「鐵、鐵匠餐？」

彌亞露出一副遺憾的表情。

「是啊，可惜現在沒有鐵砧和鼓風爐，所以做不出來。」

初次聽聞這種別開生面的料理，惠恩腦袋瘋狂冒汗。

「那、那是什麼鬼？」

「啊啊！那麼，下一次就輪到帕思莉亞來！」

「等等，臭兔子妳會做菜？不要啊！」

雪琳沒禮貌地說著「我可不想在回程的時候全滅，死因是因為食物中毒」諸如此類的話，結果遭到了帕思莉亞的白眼。

「帕思莉亞小姐也會下廚嗎？」

白聆敬佩地問道。她現在覺得這支隊伍裡的人都好厲害，個個多才多藝。

帕思莉亞得意地閉上眼睛大拍胸脯。

「那是當然的囉！本小姐在名族幼校上家政課的時候，老師一嚐我做的菜就馬上對我說：『妳以後一定會成為一名偉大的魔法師！』」

「唔哇！」

「等、等等，那個絕對不是稱讚吧！別被她騙了啊白聆！」

原本寂靜的死境中爆發出如此歡快的笑聲，應該是千年以來首次遇到的事情吧？

這對白聆來說，確實也是從未經歷過的奇妙體驗。

雖然僅僅喝了一碗湯，卻和這群人共同經歷過了一段奇妙的時光。

也許是笑鬧得太厲害了，總覺得吃飽過後，反而有點疲累。

白聆不知道這是活物的正常現象，在用不著睡眠的不死者眼裡，大家看起來都像是在打瞌睡的樣子。

「啊啊，這頓飯……是不用煩惱殭屍打擾之後最放鬆的一餐啊！」

「說得沒錯，肚子填飽了以後，唉……又衍生了另一項煩惱。」

用不知道從哪找來的小木籤剔著牙的雪琳，和呈大字形癱在地板上的帕思莉亞分別說道。

這件事情非常地嚴重。

嚴重到會讓這支隊伍一半以上的人感受到比死還折磨人的痛苦。

那就是──洗澡。

「從旅途出發到現在，我們幾乎沒有洗過澡啊！」

「感覺身上都快飄出異味了……」

「姐姐雖然知道旅行中沒辦法奢望那麼多，可是渾身黏答答的，果然還是超級不舒服。」

就連出身自北方的雪琳，也沒辦法忍受這麼長期不清潔身體，更何況是原本就住在燠熱地帶的獸人族呢？在他們的文化中，本來就是天天都要清洗沐浴。

會造成這種狀況的原因，除了他們選擇避開穆斯多，沒辦法在提供完整食宿設施的旅店中休息之外，最主要還是因為捨棄了馬車。馬車上原本有西市場成員為他們準備在旅途中擦澡的水，但也因為要逃命所以放棄了。

沿路被殭屍追趕、打鬥，身上的血、汗、髒汙累積的程度都達到極限，已經令人無法忍受了。

「但是，在這種地方怎麼可能有辦法清洗身體嘛……」

「啊，說到那個的話，有喔。」

雪琳的一句話讓所有人都大吃一驚。

「咦、咦咦？真的嗎！」

「快說在哪！」

那個地方是雪琳發現的。

是在視察周圍有無危險跡象時，偶然之間注意到的。

由雪琳帶頭，其後分別是帕思莉亞、彌亞，最後跟著的是白聆，四名女性走在禿山半山腰處一條什麼都沒有的步道，接受夜空和萬點星辰的垂視。

「欸欸，乳牛，還要走多久？」

「就快到啦，看！」

手指一比，景象全開，映入眼簾的是一座雲霧蒸騰的山谷。

「這、這是……」

竄入鼻腔之內的硫磺味讓帕思莉亞震驚得說不出話來。

「難道是……」

她回過頭，看了看表情同樣意外的彌亞，再翹首，前方神色凝重的銀髮勇者，緩緩地對她點了點頭。

「是溫泉。」

從粉色的唇瓣中吐出了肯定的答案，這下子不會錯了。

走在最後面的白聆大吃一驚，不知道為何緊張的氣氛突然轉變了。

不只是獅耳女郎，三名女性面上的凝結同時間釋放消散。

眉開眼笑地發出了一路以來一直沒聽過的叫聲讚嘆。

「真是的，既然有這麼好的地方，為什麼不早點說啊，雪琳老闆。」

走在最前方的彌亞，一派輕鬆地說著完全沒有絲毫不滿的抱怨。

「哈哈，當然是為了要給妳們一個驚喜囉！」雪琳喜孜孜地回答。

眾人帶著期盼的心情進入山谷，沿途大霧瀰漫，腳下的路面因為水氣而十分濕滑，前方捎來的風中卻傳來陣陣熱意，彷彿在催促她們快快前行。

雖說受到地熱影響湧出的泉水，並非每種都適合人浸泡，其中有些充滿了劇毒瘴氣，靠近反而會有生命危險，但是……

柳暗花明又一村，狹窄的谷地中，居然出現了一棟古舊的建築。

「妳們看，這應該是古時候的人使用過這裡的證據。」

……欸？這裡原來是用來洗身體的地方嗎？

早就踏遍死境的白聆，當然來過這裡，因此她發出讚嘆的理由和其他人稍有不同，是因為終於知道了這個地方的用途而訝異。

雖然鎮日在這片土地遊蕩，但總是隻身一人，不曾好好思索每個地方、每座遺跡蘊藏的真正的涵意，也不曾對歷史感到興趣，不過白聆現在開始覺得有所不同了，自己必須改變。

雖是年久失修的古厝，但就和市鎮的遺跡一樣，其體積仍然大得嚇人。

四人從不知是何種族打造的入口處進入，經過了滿布灰塵的黑暗房間，來到了相當於中庭的處所，眼前是一座冒著蒸氣的巨大的水池。

「哇喔！」

撲面而來的熱氣使人精神一振，帕思莉亞最先發出了歡呼聲，直直衝上前去擁撈泉水。

「真是的，別這麼著急嘛！」彌亞在後面噗哧笑著，然後，開始脫去身上的衣服。

獅耳女郎解開了纏胸布，突然目睹兩座巨峰迸現眼前的白聆大吃一驚。

到了這個時候，她才突然意識她們打算做什麼，雙頰登時漲紅。

千年來，她從不曾在別人面前赤身裸體，遇到這種情況，她一面小聲地哀哀叫著，一面手足無措，遲遲不敢動作。

「咦，怎麼了？」

已經大方地脫光光的雪琳歪著頭疑問。

白聆連忙喊著「我脫我脫」，豁出去似地脫掉衣服，低著頭不敢望向任何人。

她瞇著雙眼，扭扭捏捏地移動，等她摸到了泉水邊緣，雪琳和彌亞早就舒服地嘆著氣，盡情在水底伸展四肢了。

「呼呼……」

「哈啊，極樂、極樂。」

四座豐滿的巨峰悠然浮在水面上，兩人的神色放鬆，輕閉雙眼，疲勞一掃而空。

白聆遮掩著胸脯，緊張地伸出柔嫩的腳尖試探水溫。

「喔呼！」熱水的舒適溫度令她不自禁地輕叫出來，很快地就讓全身泡進澡池。

「喂喂！」

雪琳輕輕招手，似乎是對她說「這裡還有位置」。

白聆小心翼翼地撥開池水前進。

鋪在澡池底部的圓石並非完全平坦，要是為了取得平衡而直立起身，一絲不掛的上半身就會在水面上完全暴露。目前白聆還沒有這種膽量，不得已只好採取蹲姿緩慢地移動。

原來雪琳與彌亞所在之處的水面下還有一層石階，靠背的地方則是有著微微的弧度，踏著水底的圓石，將身體完全放鬆其上，就是渾然天成的躺椅，不必擔心要一直站在水中了。

坐到了石階之上的白聆，享受著熱水簇擁身軀的舒適感，輕吁了一口氣。

這時候，稍微大膽一點，應該也是可以的吧?這麼想的白聆，作賊心虛地半睜開一隻眼睛，偷偷地往一旁瞄去……

嗚喔！

實在是衝擊萬分。

略為混濁的泉水，仍無法徹底遮掩藏在水面下的美麗軀體。

左手邊的雪琳，還有再更左邊的彌亞，兩人毫不在意地展現傲人的身材，真是有本錢！

兩人浸泡在水裡的肌膚因為熱度而染上了不同的色彩，彌亞是黑珍珠般的顏色，而雪琳白皙的肌膚稍微染紅，彷彿落入水中的櫻花。

兩人的線條可說是趨近完美，找不到一絲贅肉，修長的雙腿、纖細的腰身，還有最重要的是，在那更上面的部位，強烈衝擊了白聆的視覺……

「前、前輩啊！」

並沒有人教她這些知識，但是白聆卻自然而然地對兩人「窮凶極惡」的巨物生出了尊敬感，這搞不好是一種天性也說不定！

白聆越想越敬佩，雪琳和彌亞不但知識豐富、能力驚人，就連胸部的尺寸也如此非凡，實在了不起。

相較起來，她嫌棄自己的四肢就像細瘦的竹竿，皮膚也沒有光澤，胸前的兩顆小蕃茄，和人家碩果累累的巨峰相比，根本是高下立判。

白聆把手放在胸前捏啊捏，露出了一副深感遺憾的表情。

但其實白聆並沒有意識到自己的身材也挺不錯的。

生在這世上的任何人，都必定有他獨一無二的優點。

雖然沒有那兩人的胸部尺寸，白聆的胸型卻很漂亮，大小適中。她的身體在死而復生的那時起，就已經定型在少女的果實恰到好處地成熟的時刻，那清純中夾帶些許妖豔的魅力，就是別人絕對模仿不來的。

嘩啦！水波蕩漾。

最後一人，帕思莉亞，終於也下到了澡池中。

之所以這麼慢，是因為她按照獸人族標準的禮法，先在外將身體沖洗乾淨之後，才進入水池。

「嗚！」

兔耳少女的身高，要踩到水底好像有點困難，她努力地在水中划動四肢，使用狗爬式……不，是兔爬式，終於游到了眾人身邊。

「……唉！」

兔耳少女帶著悲嘆的表情直盯著藍髮少女的前胸。

「怎麼了？」

白聆不明白她為什麼要嘆氣。

「我本來以為妳和我是同伴的……」

「什麼意思……啊！」

白聆一臉茫然地望著帕思莉亞，過了幾秒才意識到原因，而變得滿面通紅。

兔耳少女帶著被排擠似的悲傷目光，將半張臉沉進水中，噗嚕噗嚕地吹著水泡。

而雪琳與彌亞各自沉浸在美妙的溫泉裡頭，沒有人能夠替她解危。

Unemployed Heroine and Devil's Guard

ch.5 自黑影處襲來的危機

洗好澡之後，已經一、兩個小時過去了。

任由依然殘餘水氣的濕潤秀髮自然風乾，眾人臉頰紅潤，精神飽滿，肌膚光澤耀人，心滿意足地踏上歸途。

「哎呀！好舒服，真可惜惠恩老闆無緣消受。」

「沒辦法，畢竟他是男生嘛！」

「咦，為什麼男生就不可以……」

「這……白聆妳是認真的嗎？妳想想看如果跟男生一起洗澡，那不就會……」

「嗚啊哇哇哇！」

終於想到關鍵所在的白聆，捧著發紅的臉頰羞赧得無地自容，結果遭到其他人大肆取笑。

回程的一路上，四名女性有說有笑，趁著隊伍中的男性不在現場，許多玩笑話更可以說得肆無忌憚。

不知不覺，充作宿場的涼亭就近在眼前了。

然而當她們大喊著「我們回來啦」踏進內部之時，迎接著她們的卻是一片死寂。

「發生什麼事了？」

首先大叫出來的是雪琳。

．

涼亭內不見惠恩身影，熄滅的火堆尚有餘溫，現場十分凌亂。

帕思莉亞、彌亞也急急緊咬著嘴唇，在其他地方搜索。

「難道是被綁走了？」

雪琳突然臉色大變。

「喂！」

銀髮勇者像風一樣地衝向呆站著的白聆，揪住她的衣領。

「是不是妳幹的好事？」

「不、不是我！」

白聆驚恐萬分，連忙搖頭否認。

「可惡！」

銀髮少女目露凶光，手已按上了佩在腰際的匕首。

「巫、巫妖！」

白聆登時嚇得魂飛魄散，閉上雙眼大聲求救，但是沒有任何回應。

雪琳拔出匕首，左右手同時展開了動作——

「喝！」

就在電光石火的一剎那，雪琳將白聆拉離了黑暗凶光劃落的軌道，同時以匕首擋住那無聲無息的一擊。

鏗！

清脆的金屬交擊聲鏗然響起。

雪琳豎目橫眉，以流暢的動作將白聆推向彌亞，然後使力格開對手的武器，再前進半步搶取有利的進攻位置。

所有行動一氣呵成。

「唔！」

黑暗中傳來了低沉的悶哼，雪琳看似對著空氣胡亂的揮拳命中了某樣物體。

「不可能！」

「我可不是用眼睛在看的。」

向前方踏出的一步，準確地踩在敵人腳背上，剝奪對方行動的能力。

一襲黑衣的刺客從黑暗中現身。

「妳怎麼知道不是不死族幹的？」

「你們太不小心了，地上還留有鞋印。你有聽過殭屍穿鞋嗎？」

刺客啐了一口，似乎決定有所動作。

霎時，雪琳瞪起了雙眼。

「都靠在一起，劍上有抹灰！」

難怪看不到。

雖然死境是個晦暗的場域，卻也不是完全沒有光，這些刺客能夠潛伏在這麼近的距離而不被發現，靠的不僅是身上的黑衣，還有經過特殊處理的武器。

聽見雪琳的提醒，帕思莉亞和彌亞及時醒悟過來，急忙圍著白聆，彼此掩護。就在話音甫落的同時，更多刺客從四面八方竄了出來。

「可惡！」

雪琳咒罵了第二次，簡短的字句中道盡了銀髮勇者對現狀的評估。

簡直差到了極點！

不僅手上沒有像樣的武器，更何況敵人都不是路邊的無名小卒。

從他們能夠弄到隱形衣，懂得隱藏武器的技巧和精妙的匿蹤功夫判斷，八成是出自軍旅，而且是特種部隊。

這些人是專家，帕思莉亞和彌亞很可能無法對付他們。

要趕快料理眼前這傢伙，然後解決其他敵人。

「妳們這次插翅也難飛啦！」

「真是……愛說笑。」

儘管腳上傳來碎裂的痛楚，刺客手中的長劍依然凶悍地刺出。

嘶！利器劃過勇者臉龐，空氣中立刻傳來一股腥味，幾綹銀白髮絲也隨之削斷飛散。

然而，就在刺出去的攻勢到達盡頭，收回手臂的那個動作時……

噹！短小的匕首壓制住了長劍，刺客面罩底下的雙眼不禁瞪大。

「只是壓制可還不夠啊！」

雪琳加重力道，從手腕上感覺到對方抗衡的力量傳來。

顫抖，可是宛如鋼鐵澆鑄的手臂紋風不動，不斷下壓，最後，刺客聽見了自己的臂骨傳來一道不祥的聲響。

「喀嚓！」

劇痛襲來，刺客哀號一聲，長劍脫手而出。

「小、小心！」

陰影模糊晃動，帕思莉亞等人被多名刺客包圍，無法確認敵人的數量到底有多少，只感應到許多氣息不斷在身邊變換位置。

風聲鶴唳，緊張的氣氛令腎上腺素大幅提高，敵人在她們身邊打轉，化為一道道的鬼影周旋，就在這時……

一道閃電般的身影殺入戰圈，雪琳朝看不見的敵人發動猛烈的攻勢。

「彌亞，低頭！」

獅耳女郎隨即照做，千鈞一髮之際，銳利的寒風削過腦袋上方，還來不及感謝，四面八方一齊爆出殺聲。

雙方展開激烈衝突，連續不斷的金屬撞擊聲，夾雜短促的喘息、呼喊，如同打算刺傷耳膜般響遍整個空間。

「帕思莉亞，想辦法，給我光！」

「哪能讓妳得逞？」

銀髮少女的聲音和刺客重疊起來，帕思莉亞慌慌張張地大喊了一聲，緊接著抬起手臂，可是卻……

「噗啊！」

「帕思老闆！」

黑暗的死角裡踹出了一腳，踢翻了兔耳少女，第二次的攻擊則是由彌亞勉強擋下。

「不能讓魔法師使用法術！」

「牽制勇者，攻擊那幾個女的！」

刺客們似乎也明白戰局的關鍵在哪，敵明我暗是他們最大的優勢。

他們無法阻擋雪琳的力量，乾脆就將目標針對除了銀髮勇者之外的其他人。

為了確保伙伴的安全，雪琳無法放開手腳全力進攻。

就在這時——

「白、白聆！」

不顧彌亞在背後的叫喊，白聆趁亂爬出了雪琳的保護圈。

她手腳並用，一意前行，目標方向是涼亭入口。

「去死！」

黑暗中閃出一名刺客，高舉長劍狠辣地劈落。白聆朝側後方一瞥，目光只來得及追上對方的動作。

利刃猶如斷頭臺般，由上而下斬過了藍髮少女的頸項。

「不要！」

帕思莉亞和彌亞同時發出慘叫。

然而下一秒，刺客察覺到了讓人毛骨悚然的異狀。

藍髮少女的動作並未停止。

「怎麼回……呃啊！」

刺客可以百分之百地確定，他的劍絕對已經砍斷了對方的脖子啊！

剎那的驚惶，銀髮勇者自後方趕上，匕首毫不猶豫地插進暴露位置的刺客胸膛。

「呃啊啊！」

白聆終於來到目標處了，那就是已經被弄熄的火堆。

不管炭火的餘溫會不會燙傷手，她一把抓起焦炭，朝半空一撒。

尚未完全冷卻的炭塊在空中燃起最後一絲火星。

一閃而逝的照明，暴露三名刺客的身影。

「幹得好！」

需要的就只是這一瞬間，雪琳完全確定了對方的位置。

臉上浮現的，是掠食者的冷笑。

「不、不妙，快跑……哇啊啊啊！」

雪琳從殺死的敵人手上奪取了長劍，在火光暗滅下來的瞬間，重疊地響起了三道慘叫聲。

一切恢復了寂靜。

這場打鬥花了大概十分鐘。

帕思莉亞再次點起火焰之後，眾人開始檢查各自的狀態。

「白聆，妳沒事吧？」

「呼……我還好，謝謝妳，雪琳小姐。」

雪琳一把拉起還脫力地跌坐在地上的白聆。

「我不知道……那個時候，原來妳是要救我。」

「哎呀哎呀！嚇到妳了嗎？真不好意思，那個時候情況太緊急，我怕如果弄不好，會引起敵人的戒心。」

白聆搖了搖頭，說：「沒有關係。」

雪琳對她露出小小的笑容。

彌亞和帕思莉亞都各自受了點輕傷，雪琳稍微掛彩，只有白聆奇特地毫髮無傷。無端被踢了一腳的帕思莉亞顯得有點氣急敗壞。

「這些可惡的傢伙！」

「冷靜下來吧，帕思老闆，現在先弄清楚這些傢伙是誰。」

地上七橫八豎地倒了四具屍體，不過，還留有一名活口。

雪琳走向最開始交戰的那名對手，蹲下來揭去了他的面罩。

「第六天魔族？」

出現在眾人眼前的，是絕對無法被錯認的特徵——毛皮和獸耳。

「說，你們是誰？惠恩在哪裡？」

「蠢蛋，妳們以為我會招供嗎？哈哈哈……太天真了！」

「要交給我處理嗎？以我的手段，要他唱歌他也不敢不唱。」

「雪琳老闆，您打算刑求嗎？」彌亞皺著眉頭說。

雪琳聳了聳肩，一副「不然該怎麼辦」的表情。

就在這時，趴在地上的刺客忽然露出詭異的笑容。

「喝、喝喝喝……」

「咦，他怎麼在笑？」

「那不是在笑——可惡！」

驚覺到真相的雪琳急忙翻過對方的身體，可是已經來不及了。

「服毒自殺？」

除了看過類似場面的銀髮勇者，其他三人全都被這幕嚇得臉色蒼白。

「這是特種部隊被逮到時慣用的自我了斷方式，我太大意了。這下子線索全部中斷，惠恩他……」

雪琳懊惱地搥著自己大腿，咬牙切齒。

帕思莉亞像是拒絕接受似地猛烈搖了搖頭。

「惠恩大人……不，我不相信，惠恩大人不會就此死掉！」

「有辦法追蹤惠恩老闆的位置嗎？」

「要怎麼找？死境這麼大，如果對方擄走惠恩後馬上離開，我們根本無法確定方向啊！」

「不論如何，就算翻遍整個第一天魔境，我也要把惠恩大人找回來！」帕思莉亞激動地大喊。

雪琳皺著眉，剛打算開口之時，白聆先一步插了口。

「那、那個……」

「嗯？」

「如果要找人的話，或、或許我有辦法……」

「快點說！」

一聽見白聆說有辦法找到惠恩，兔耳少女從地上蹦了起來，不顧禮儀地撲了過去，嚇得藍法少女發出一陣尖叫。

兔耳少女伏在白聆懷中，雙手無力地抓住她的前襟，似是快要到達極限。

「拜、拜託了……」

感受著小小的身軀所傳來的微微顫抖，白聆的心意外地取回了冷靜，並且在同時做好了覺悟。

她一手撫著帕思莉亞的背，抬頭朝雪琳和彌亞點了點頭。

然後，吐出了真相。

披覆著矇矓黑紗的夜空，鑲嵌其上的銀色寶石散發出淡淡光芒。

什麼都沒有的禿山中某處，幾條黑影悄悄移動，其中一個人的肩膀上似乎扛著某樣東西。

「喂！」

「回來了？」

高崖邊的岩石後方，營火深埋在隱蔽的位置，火堆旁有兩個人。

其中一人正坐在大石頭上進行守候，一看見回歸的黑影，迫不及待地跳了下來。

「怎麼回事，為什麼是活的？」

火光映照出守夜者的容貌，是身為奈恩得力助手的鬣狗耳男子。

「不是告訴你們直接殺掉嗎？唉，算了……」

「要殺你自己殺。」

「看你們的樣子，該不會是怕了吧？」

「說話給我小心一點。雖然你是這趟行動的指揮者，不代表可以不必管好自己的嘴。」

回歸的那些人聽見鬣狗耳男人的說詞，似乎覺得有點不太高興。

不過看鬣狗耳男人的樣子，彷彿一點也不在意。

「以往的任務，就算目標是沒有抵抗能力的女人跟小孩，你們也能眉頭都不皺一下地殺掉，現在不過是一個普通少年，卻讓你們猶豫不已……但我也不是不能理解。」

鬣狗耳男子聳了聳肩，將伙伴肩上的東西解了下來。

不過那並不是什麼「東西」，而是一個完全不省人事的少年。

所有人的目光都集中到了惠恩身上。

疑惑、訝異、畏懼，交織著不同心思的視線，圍繞在魔王身邊的眾人一時無語。

「真、真的要動手嗎？」

「我知道你們不敢殺魔王，所以我來下手。」

「你……不怕嗎？」

這些平常刀口舔血的傢伙居然會問這種問題？鬣狗耳男子忍耐著可笑的感覺，讓少年平躺在地面，四肢張開。

「哪有什麼好怕？我追隨的，只有奈恩大人一個人。」

鬣狗耳男子抽出長劍。

「只要一下子就能解脫了。」

不知道這句話到底是對誰說的，就像平時演練過無數次的那樣，鬣狗耳男人舉起手，冰冷的銀色鋼鐵登時化作墜落的流星。

「欸？」

這時，坐在火堆旁的另一個守望者發出了奇怪的聲音。他是和鬣狗耳男子一同待在根據地的人，階級看起來也比其他人高。

他的呼喚吸引了鬣狗耳男子的注意，讓他豎起耳朵，驚覺事態有變地迅速轉過身，揮落的利劍「鏗」的一聲砍中地面。

火堆旁的男子迅速地站了起來。在這個時間點，能夠做出這個樣子動作的他是讓人很敬佩的。

因為整座山都搖晃了起來。

「地震嗎？」

鬣狗耳男子和身邊的伙伴左右張望，可是站在火堆旁的男子否定了這個猜測。一直盯著禿山的山腳的他飆出了一句髒話。

下個瞬間，他們腳下的地表突然隆起。

那不是龜裂或是產生斷層之類的自然現象，地面像是無法抑止自己長大到極限而破裂的瘤，猛然爆裂了開來。

「嗄哇啊啊啊啊！」

破土而出，驚天動地的嘶喊聲。

「那、那是什麼東西啊啊啊啊？」

乾枯的手臂、襤褸的衣著、灰敗的面孔……

四面八方湧出了殭屍大軍。

「是怪、怪物嗚喔喔喔喔喔喔！」

「怎麼回事?青葉大人給的護身符失效了嗎?」

鬣狗耳男子驚訝地盯著掌中的一截霧狀外衣殘片。

「可惡！」

現在沒時間探究這個了，他把護身符胡亂塞進口袋裡，轉身迎向殭屍。

他們都是經驗老到的戰士，什麼大風大浪沒見過，就算突然遭受怪物攻擊，也能以最快的時間恢復鎮定。不待鬣狗耳男人做出指示，其餘人隨即拔出武器，擺出迎戰的架式。

「喝！」

「殺！」

他們背靠著彼此，斬瓜切菜似地肢解殭屍。

儘管不死怪物不知畏怯地前進，但並不能彌補雙方之間實力的差距，很快，地上就橫滿了支離破碎的殭屍碎塊。

「哇哇哇哇哇……」

殭屍們不停地嘶吼著，雖然死過一次的它們不可能再一次死去，但是失去了手跟腿的頭顱，根本沒有辦法再造成威脅。

真不愧是精挑細選而來的精銳，即使歷經如潮水般的圍攻，其陣型也絲毫未見潰敗，然而，百密終有一疏，更何況是這種混亂的場面。

「噢哇哇哇哇……」

混雜在大批怪物群裡，有幾頭殭屍的行動似乎特別不一樣。

她們利用只知不停湧上前的無腦怪物作為掩護，嘴裡嚷著怪聲，實則低調地向藍髮少年所在之處靠近。

「嗄啊啊啊……惠恩大人？」

一抵達惠恩身邊，原來步履蹣跚、翻著白眼的藍髮少女殭屍，和怪異地舉著雙手、嘴角掛著一絲口水的黑皮膚女性殭屍，突然間就恢復了正常。

「白聆老闆，您的演技還真是逼真啊！」

「因為我常常和殭屍混在一起嘛，哎呀，別說這些了。」

「惠恩老闆，快醒一醒！」

彌亞用力地搖著惠恩。

「唔……呃，啊啊！」緩緩睜開雙眼的惠恩，恢復意識的第一個反應就是驚恐地想要大叫。

「噓！」

獅耳女郎連忙掩住惠恩的嘴巴。

「別大聲，我們來救您出去了。」

她和白聆七手八腳地解開惠恩身上的束縛。

「什、什麼情形？」

「現在沒空解釋，快點，趁殭屍引走他們的注意力，往這邊，雪琳老闆和帕思老闆會接應我們。」

彌亞一把拉起惠恩，三人毫不遲疑立刻發足遁逃。

只不過，要在對方眼皮底下逃脫可不是這麼簡單的事情。

「混蛋！那傢伙要逃了！」

背後，響起了刺客們的高喊。

「這麼快就被發現了？」

惠恩、白聆和彌亞背上不約而同地滲出了冷汗。

「不要緊，殭屍們會絆住他……」

「詠唱，焰擊——火龍術！」

彌亞的話還沒說完，背後倏地傳來轟然巨響，一股熱流撞上背脊。

「呃啊啊！」

他們被氣流吹得一陣踉蹌，回過頭來，只見到一幅令人目瞪口呆的景象。

一隻炎龍夾帶著沖天濃煙，在殭屍群中四處肆虐，所到之處熊熊烈火將大聲哀號的怪物統統燒成了飛灰。

「呃啊啊啊啊，殭屍！」

白聆悲痛地大喊，彌亞急忙按住她的肩膀。

「不能回去啊，白聆老闆！我們快逃吧，殭屍們不會死的。」

「快逃！」

隨著噙著眼淚的白聆一聲大喊，原本不斷衝上前攔阻刺客行動的怪物，紛紛遲緩地調過了頭，往反方向鳥獸散去。

白聆雖然避免了殭屍遭受惡火吞噬的命運，卻也去除了對方的阻礙。

刺客們的壓力頓時減輕，立刻決定放著怪物不管，全力追回惠恩。

惠恩等人大叫著，頭也不回地開始狂奔。

通往禿山山頂的路就只有這麼一條，可以說是幸運，也可以說是不幸。

總之，如果按照白聆原訂的計畫，他們只要撐到抵達最上方的城堡，就幾乎可以宣告勝利了。

在這片死境當中，沒有人擁有阻擋「那個人」的力量。

「只要伊特出馬，就沒有解決不了的事情！」

白聆對於那位深藏不露的好友寄予了絕對的信賴。

但是，在背後緊追不捨的追兵，並不打算讓白聆輕易如願。

原本該由殭屍群拖緩敵人的腳步，卻因為出乎意料的火焰攻勢，沒能起到足夠的效果，最後一里路，長得有如在心底刻劃出絕望。

距離飛快地縮短，任憑他們如何為彼此打氣，惠恩和彌亞的臉上仍漸漸顯露出疲態，恐怕在他們的體力用盡之前，就會先一步被追上。

「就……只差……一點。」

「哈、哈啊！」

突然，獅耳女郎失去重心，滾倒在地。

「彌亞小姐！」

惠恩和白聆不得不停下腳步，掉過頭來將她扶起。

眼前出現了令人顫慄的一幕。

「咳咳咳咳……」

「妳振作一點……」

「這……您、您在哪裡，陛下，眼前好黑，姐姐什麼都……看不見……」

面上失去血色的彌亞，眼神混濁，彷彿連呼吸都要費盡力氣，口鼻汩汩流出鮮血。

惠恩立時省悟。

「不好，她的病況發作了！彌亞小姐，撐住啊！」

握住的手掌沒有回應，彷彿半點力氣也沒有。

怎麼偏偏會在這個時候？惠恩的眼眸裡閃過一絲倉皇。

彌亞小姐……明明有病在身，卻還為了救我，強迫自己的身體……

如同鐘槌般猛然察覺的領悟，重重敲撼了他的心。

藍髮少年咬緊了牙齒。

現在既不是慌亂，也不是掉淚的時候。

他的眼神變了。身體在吶喊，讓所有沒用的心情統統滾到一邊去。

貫入身體內的熱流，將力氣傳送到四肢百骸。

「惠、惠恩大人？」

「我們要把她帶進城裡，白聆小姐，快帶路！」

燃滿決意的胸腔，毫不動搖的目光，惠恩毅然背起彌亞，打直了膝蓋。

失去意識的柔軟身軀從後方壓迫著背部，她的體重……原來有這麼輕嗎？

呼出的氣息微弱得宛如游絲，彌亞的頭無力地垂靠在惠恩肩上，身體正以不正常的速度變得冰冷，性命有如風中殘燭。

不再浪費任何一秒，魔王緊跟在白聆後方，再次奔馳。

「再……再等。」

已經不知道是第幾次說出這句話了，連自己都深痛惡絕。

如果可以選擇的話，她希望馬上開火，拾起劍跳下去殺個痛快。

但是銀髮勇者拚命告誡自己要冷靜。

越是面對戰爭中左右性命的一刻，就越是需要保持清晰的頭腦，何況這場戰爭，可能賠上的並不只是自己的性命。

耳畔時常響起的鬥嘴聲沒有出現，位在雪琳後方的帕思莉亞，口裡喃喃低語，神情異常專注。

惠恩他們突然停下腳步，到底是在做什麼？彌亞倒了下去？不妙……

眼角餘光瞥見的光景讓她差點大叫出來，但還是忍耐住了。

藍髮少年將彌亞背起，又再次邁開腳步。

任由汗水滴落地面，雪琳緊盯的目標並不是惠恩三人，而是背後那群追兵。

然後，當他們經過那個地點的時候……

「就是現在！」

兩件事情同時發生了。

一是雪琳拔出了長劍，二是帕思莉亞仰天高舉雙手。

「全詠唱，烈灼——煉獄——炎龍術！」

圍繞在兔耳少女周圍的法陣猛然迸出強烈的紅光，凝聚在雙手之間的法印，每一秒間都以複雜的方式不斷變換著。

但是帕思莉亞一個手勢都沒有做錯。

這是灌注了帕思名門，號稱第六天魔族王立大學三百年來首屈一指的才女——帕思莉亞全部驕傲的一道魔法，經過了二十三分四十六秒的徹底詠唱，在此威力全開。

帕思莉亞召喚出了龍。

炎之巨龍。

和帕思莉亞的這條龍相比，禿山山腰上給予殭屍群極大打擊的那道火焰魔法，簡直就像是蚯蚓。

千年來一直覆蓋在幽冥薄暗之中的死境，在今天第一次亮起了真正的光芒。

彷彿落到地上的太陽般強烈的光芒，朝天空做出咆哮之姿的巨大焰龍，發出的卻只是風掠過大地的嘶鳴，因為全身由火焰構成的它，並不具備真正的實體。

然而真實抑或虛假，對它之所以存在的目的絲毫沒有妨礙。

火焰之龍被呼喚到這個世上的理由非常簡單，只不過是要吞噬眼前的一切事物而已。

升上天空的火焰，在獻祭了要給予天空的一道濃煙之後，就將頭顱對準了下方，開始了疾速俯衝。

首當其衝的追兵們看見了呼嘯而來的火龍，發出了驚恐的慘叫。

鬣狗耳男子瞠目結舌，迅速地將手伸向口袋。剩下的人連轉身逃跑的機會也沒有，一眨眼就被巨龍張口吞噬。

在終極的毀滅打擊面前，戰鬥戛然而止。

Unemployed Heroine and Devil's Guard

ch.6 雙線決死戰

焦黑的地表出現了一座巨大陷坑，帕思莉亞魔法的威力，將一截山路完全摧毀。

然而，居然有人能在這樣子恐怖的魔法摧殘下挺了過來。

「呼哇！嗯，呸呸呸呸！」

漸漸散去的塵煙中，連同身上滿是灰燼的鬣狗耳男子，有四個人生還。

他們身旁圍繞了一圈淡淡的光芒，看來是具有保護性質的魔法。他們灰頭土臉，甚至燒焦了毛皮，但傷勢看起來並無大礙。

「要、要不是有青葉大人的護符和你及時使用防護罩，吃到這發魔法一定會讓我們全滅……是誰在暗算我們？」

雪琳和帕思莉亞來到了路中央。

鬣狗耳男子睜大了眼睛，隨後凶狠地揚起了嘴角。

「原來是可悲魔王的保鑣和總管啊，妳們也跟著離開魔境了？」

「是你……」

雪琳認出了對方就是曾在貧民窟刺殺自己的暴徒。

當時她僅僅以間不容髮的差距躲過了死神的召喚，想來都會冷汗直流的記憶讓她不知不覺將手中的劍握得更緊。

「沒想到妳居然會在這裡礙事……當時就該叫奈恩大人了結妳的性命才是。」

「奈恩？這件事和奈恩大人有關？」

「閉上妳的嘴，名族的小兔子。」

「你說什麼！」

帕思莉亞暴跳如雷。

鬣狗耳男子完全不把她當作一回事，轉頭對著同伴們說：「不管怎樣，一定要完成任務，勇者交給我，你們去追魔王。」

說完立刻擺好架式的鬣狗耳男子，用眼神牽制住了雪琳，但是帕思莉亞卻生氣地擋到了餘下三名刺客的面前。

「喂！你們現在是把我當成空氣嗎？我不會讓你們危害惠恩大人的，五步詠唱，冰華——散……呃啊！」

「五步詠唱，光箭術！」

帕思莉亞才抬起手，三人中的其中一人就已經完成了詠唱，射出好幾道白光飛彈，接連命中帕思莉亞腳邊。雖然準頭不佳，但是卻足以打斷她的施法。

「原來你們當中也有魔法師，難怪煉獄炎龍對你們沒效果。」

「咯咯咯……獻醜了，帕思莉亞大人，我這點微末本事，不知道能不能入得了您的眼呢？」

魔法師站了出來，向同伴們使了個眼色之後，帶著嘲弄的笑容正對著臉色陰沉的帕思莉亞。

「帕思莉亞大人。」

魔法師微笑著欠身行了個禮，帕思莉亞連理都不想理。

和鬣狗耳男子互相對峙的雪琳突然開了口。

「喂！兔子。」

「啊？」

「那些雜魚全部交給妳，可以吧？這個傢伙比他們三個加起來都還要危險，我一定要擋住他。」

兔耳少女撇了撇嘴角。

「我知道了啦！」

下個瞬間，鬣狗耳男子就有了動作，打算穿過雪琳的防線。

銀髮勇者跟上他的速度，兵刃響亮交擊，兩名戰士的身影化為不斷糾纏的殘影，看都看不清。

「欸欸，帕思莉亞大人，您有在聽我說話嗎？」

「煩死了，五步詠唱，光箭術！」

「五步詠唱，反魔法力場！」

匡！

帕思莉亞放出的九道白光撞在魔法護罩上，化為粒子消散。

「你這傢伙，不是名族吧？我可沒聽說過有哪個名族會做這種低下的骯髒事。」

帕思莉亞歪著頭說。

被魔法互擊產生的暴風吹開兜帽的男子，頭上顯露出來的並非名族特有的草食性動物特徵，而是胡狼的雙耳。

「呵呵呵，我們這種低賤的戰士階層，名族當然瞧不上眼。您說的沒錯，我不是名族，也不是正統的魔法師，我是一名戰鬥法師。」

兔耳少女輕輕蹙眉。

「呵呵呵，就是這個表情。帕思莉亞大人，聽到了我的職業，您是不是就像那些魔法師一樣，露出了鄙夷的神色呢？」

「我可什麼都沒說。」

戰鬥法師依然嘲諷地笑著。

戰鬥法師，是第六天魔族戰士階層中的異類。

雖然名族與平民之間的能力差異相當巨大，但偶爾會出現少數具備魔法天賦的平民。他們加入軍隊後，就會接受訓練，在戰場上使用特殊的魔法。

魔法威力強大，第六天魔族也並非不擅長魔法的種族，但是要讓魔法投入實戰，仍然有不少困難。

最大的障礙就是時間，對於魔法這種精密的技術而言，動輒需要好幾十分鐘的詠唱，根本無法應付瞬息萬變的戰場。

在戰爭的迫切需求之下，魔法師們經過了上千年的研究，終於成功縮短了部分魔法的詠唱時間，研發出「短步詠唱」的技術，使得獸人族的軍力如虎添翼。

然而適用「短步詠唱」的魔法數量稀少，獸人族掌握的五百一十二種魔法，足以實際應用的也不過寥寥二十多種而已。

而且「戰鬥法師」與「魔法師」之間，還是有著不小的差距。

比起窮究魔法的學問、型態，和原理的魔法師，戰鬥法師除去了學者特質，更像是只鑽研「如何在最短時間內以最穩定的方式施放火球術」這門技術的專業者。

看在傳統魔法師眼中，這些人根本不重視魔法的美與哲學，純粹只是將其工具化而已，因此頗有微詞。

「像我們這樣子的戰鬥法師，在傳統魔法師眼中只是不入流的小角色對吧？咯咯咯……」

戰鬥法師語帶刻薄，對帕思莉亞露出不小的敵意。

帕思莉亞不高興地說：「想說什麼就直接說出來吧！但我警告你，因為你們傷害惠恩大人，我現在極度不爽，最好快快滾出我的視線。」

「哎呀哎呀，帕思莉亞大人生氣了，真是教人害怕啊！但是，我也有職責在身，不能輕易放您過去，只好請您和卑微的在下來一場戰鬥法師之間的對決了。」

「戰鬥法師的對決？」

戰鬥法師晃著胡狼的雙耳，搖了搖手指。

「正是如此，您對此一定不陌生吧？畢竟您可是名門之後，是名震魔法圈的帕思莉亞大人啊！一般的名族魔法師不屑戰鬥法師的技藝，連『短步詠唱』都不願意學，只有您例外。二十四種魔法您就掌握了十七種，還是最高級別的『五步詠唱者』，在王立大學六百年來的紀錄中排名第二。身為一名戰鬥法師，能夠挑戰您，實在無比光榮。」

「無聊。」

「一點也不無聊，帕思莉亞大人，天底下有成千上萬的戰鬥法師都想終結您在創下的法師決鬥不敗紀錄，我也是因為聽到有與您較量的機會，才答應接下這個任務的。」

「……就因為這種理由？」

帕思莉亞耳邊似乎聽見崩的一聲，有什麼東西斷掉了。

緊繃的氣氛，即將凝結成暴風雨。

「你們這些戰鬥法師，就是這樣才惹人厭。」

「咯咯！我已經習慣被人這麼說了，不過通常在決鬥中，他們都會被我打得滿地找牙。啊，不過，對您這樣可敬的對手，我不會如此無禮的。」

戰鬥法師嘻皮笑臉地說道：「快來吧，否則我可不保證我的同伴會對魔王陛下做出什麼事情唷。規則很簡單，就按照傳統的十步站位，使用的魔法就選火球術吧！」

「你會嘗到苦果，我保證。」帕思莉亞說道。

戰鬥法師一再地說著「我好害怕喔」，但看起來一點也沒被嚇到，依然保持愉悅的表情。

兔耳少女什麼話也沒說，兩人依照法師對決的傳統，互相背靠著背，再往前走五步。

跨出第一道步伐，背對兔耳少女的戰鬥法師露出了奸詐的笑容。

他自信這場決鬥自己必勝。

因為這一切，都在他設計之中。

所謂「五步詠唱」的「五步」，指的是魔法師使用的獨特時間單位，長度接近五秒，但並非絕對。戰鬥法師調查過帕思莉亞在王立大學留下的紀錄，火球術的最佳詠唱速度是五點二秒。

但是他能唱得更快。

戰鬥法師所學的短步魔法只有四種：火球、火龍、防護罩和光箭術，而其中鑽研最深的，正是火球術。同樣是五步詠唱，他的最快紀錄是四點九秒。

這極短的時間差，就是勝負的關鍵。

傳統魔法師看不起戰鬥法師追求魔法詠唱的「快」，不必要的自尊心，讓那些只知墨守成規的蠢蛋，全部在決鬥中被他變成一具具焦炭。

戰鬥法師彷彿預見了自己勝利的結果，興奮得止不住嘴角上揚。

第二步……第三步……第五步。

戰鬥法師轉身。

掀開嘴唇，開始詠唱。

他贏了，帕思莉亞甚至連嘴巴都還沒張開，她……

帕思莉亞抿著嘴唇，一語不發，直接朝著戰鬥法師衝了過來。

她、她在幹什麼？

戰鬥法師已經開始詠唱，停不下來，只能睜著雙眼瞪視帕思莉亞異常的舉動。

一拍、兩拍、三拍……

火球術即將詠唱完成，帕思莉亞卻已經來到他的面前。

——對．法．師．用．超．必．殺！

兔耳少女舉腳，朝著戰鬥法師的兩腿之間踹了下去。

戰鬥法師發出了撕心裂肺、響徹天地、史無前例的慘叫聲。

然而這聲慘叫卻因為在詠唱的途中，實際上什麼聲音都沒有發出來，只是他自己在腦海中所想像出來的聲音罷了。

戰鬥法師張開嘴，跪倒在地，因為劇痛而腦中一片空白。

踢翻、踢倒、猛踩！帕思莉亞毫不留情地繼續施暴。

「你算什麼東西？竟敢因為那種狗屁理由對惠恩大人出手？奸詐小人！笨蛋才會跟你堂堂正正進行法師對決！想贏？做你的春秋大夢啦！」

戰鬥法師的慘叫聲，全被淹沒在帕思莉亞狂暴的吶喊裡頭。

砰！砰！砰！一陣痛虐結束，帕思莉亞踩在一動也不動的戰鬥法師身上，宛如氣勢狂暴的肉食生物般大喊——

「沒有人能夠在法師對決裡贏過我帕思莉亞，沒有！」

星星在地表上閃耀了起來，那是每一次刀劍交擊之時迸裂的火花。

終年長暗，連聲音也很難聽得見的死境中，兩條交錯的身影，宛如無端驚擾的惡夢，一連串激烈的攻防持續著。

「真是的……死纏爛打！」

「我不會讓你危害惠恩……說，你們到底有何陰謀？」

由上而下的袈裟斬，接著橫砍，再補上一道直刺，雪琳以精湛的劍法封住了對方所有進路，但這是因為鬣狗耳男子一開始先將全副注意力都放在突圍，才在交手中暫時處於劣勢。

當最後一道攻擊將他迫退時，他凶狠地揮砍了一劍，拉開距離。

「看來不在這裡解決妳不行了，勇者雪琳。」

唰！直指的劍鋒代替了回答。

「喂喂！別這麼凶巴巴嘛，我好歹也算是妳的救命恩人耶！」

鬣狗耳男子放開長劍，接著高舉雙手，做出投降的手勢。

「你在說什麼傻話？」

「妳以為當妳昏厥在大馬路上的時候，是誰把妳搬去安全地方治療的？」

雪琳愣了一愣，隨即說道：「就算如此，一碼歸一碼，不代表我就要允許你對惠恩不利。」

「頭腦頑固的女人。妳明明是個人類，為什麼要維護魔王？」

「因為我是受他雇用的保鑣。」雪琳態度堅定地說道。

鬣狗耳男子不敢置信地搖了搖頭。

「妳該不會是認真的吧？保護魔王的勇者？天下要大亂啦！」

「要怎麼看待是你家的事，我已經說完了，現在該輪到你了。」雪琳不高興地瞪著他說。

「我？」

「你為什麼千里迢迢來找惠恩麻煩？你背後的主使者是誰？還有，報上名來，我的劍不殺無名之輩。」

「已經決定要殺我啦？真是讓人傷心難過啊！關於我背後的人，哼哼，無可奉告。不過，妳的第二個問題我倒是可以回答。我的名字叫做混蛋。」

「……什麼？」

望著銀髮少女瞠目結舌的表情，鬣狗耳男子得意洋洋地攤開手臂。

「很奇怪的名字，是嗎？其實呢，我是孤兒，從來沒人幫我取名字，不過我的仇人們都這麼稱呼我，也就算是我的名字了吧。至於朋友們又是怎麼喊的……我不知道，因為我沒有朋友。」

「你還真是個名符其實的混蛋啊。」

「多謝稱讚。」

名為「混蛋」的男子微微鞠了一躬，輕描淡寫地豎起三根手指。

「順帶一提，我的仇人們在死前喊我的名字都不超過三次，妳已經喊過一次，還有兩次可用。」

「混蛋混蛋混蛋！」

「可惜……這下子，妳真的得去死了！」

混蛋凶惡地大喊，毫無徵兆地拔劍就朝雪琳扔了過去，同時從袖裡翻出一柄漆黑的短棍，棍子頂端彈出銳利的刀刃。

「哈哈，我在戰場上殺過許多人，勇者倒是第一次——接招！」

利用雪琳閃避長劍時露出的破綻，他舉棍刺了過去。

雪琳側身避讓粗暴襲來的猛攻，將上揚的劍勢強硬反轉，以劍柄朝向對方的腦袋敲落。

混蛋俐落閃過，抬手推擊少女的胸部。面對這種無賴的招式，雪琳冷靜的面容絲毫不變，舉足直踹對手鼠蹊，混蛋連忙縮起小腹避讓。

「喝！」

「嗚啊！」

想不到少女居然就這麼野蠻地撞過來，混蛋身體頓時失去平衡，就在雪琳大踏步趁勝追擊的時候……

「呃啊！」

混蛋從地上抓了一把沙子撒向雪琳眼睛。

「笨——蛋！」

混蛋大聲嘲笑，迅速撲向摀住面孔搖搖晃晃的雪琳。

「中計的是誰呢？」

原本尚在發出哀號的銀髮勇者放下雙手，銳利狠辣，甚至可以說是陰險的一道撈擊，殺得對方措手不及。

「混、混蛋！」

「你在叫自己嗎？」

混蛋頓時啞口無言，雪琳更不待言立刻上前再次攻擊。

乒乒乓乓、乒、乓、！

揮砍、刺擊，進逼以後則是來自右上方的大幅度斜砍。面對著如狂風暴雨般的攻勢接二連三襲來，混蛋帶著失措的表情不斷躲避後退。

「就只有這點能耐嗎？那你應該要改名叫廢物才是！」

「住口，吃我一劍！」

越發火熱的戰鬥，越是加快少女出招的節奏，她化為殘影，在嚣雜的喧叱中翩然跳起利劍之舞，細密綿延的攻勢令混蛋左支右絀。

「這……才是勇者真正的實力嗎？」

這是他們最長的一次交手，混蛋啞口無言。

失去以往的從容，這場戰鬥的風向他始料未及。

無論是力量還是速度，都是少女占上風，他所能依靠的，僅僅是這副比較強韌耐打的種族肉身罷了。

「可惡！」

勉強閃過朝著中段襲來的快速刺擊，混蛋抓準機會朝前推出手臂。

鏗！

雪琳迅速收回武器，兩把利刃交抵在一起，雙方在相隔著兵刃朝彼此橫眉豎目。

「我要——宰了——妳！」

「有本事再來說大話吧，喝啊！」

推開，起腳，重踢，緊接著再補上一劍，在反應不及的男子臂上刻鑿血豔的溝痕，躲過忍痛無力的反削，搶進一步，撈砍對方的側腹，至此雪琳已經完全占得優勢。

「別太得意忘形了！」

戰況在這時產生了出乎意料的發展，就在利劍砍中身體還來不及收回之際，混蛋竟強行將劍刃壓往傷口深處——隨即凶蠻的反噬伴隨著扯開嗓門的暴戾嘶吼，刺激少女的神經。

「呀呃啊！」

以血換血！劈碎肩頭的重擊，只差毫釐便命中門面，幸虧雪琳在最危急時刻側頭避開，抽回劍刃後捂著鮮血淋漓的肩膀後退，同時感到震驚。

「你不要命了嗎？」

氣勢一頹的雪琳焦急著想要拉開距離重整旗鼓，然而負傷野獸的反擊仍未結束。

「噢啊啊啊啊啊啊——」

混蛋繼續瘋狂揮動短劍，並且咬牙切齒地大喊。

凶斬——劈裂！

「給我讓開！」

「我才不讓！」

匡噹！交擊。

「咕啊！」

銀髮少女，首次被逼得後退了。

雪琳驚訝不已，敵人突然像變了一個人似地，彷彿成為了一頭只知逐尋鮮血的凶獸。

「你這傢伙……也太拚命了吧，到底是為了什麼啊？」

「在奈恩大人的理想之前，我區區一條性命根本毋須珍惜！」

「奈恩？果然是那傢伙嗎？」

「知道了又怎樣，妳馬上就要死了！」

咧開笑容，混蛋卻是再度發出暴怒的狂吼，發起第二波攻勢。

這一次，雪琳勉力不被對方的氣勢吞沒，神速刺出的長劍準確地命中了敵人的腹部。

「呃啊！」

再一次，玉石俱焚的捨身打法，混蛋的刀刃砍中了少女的上臂。

吃痛的銀髮勇者飆了一句髒話。

「簡直是……瘋子。」

「嘿嘿……妳說我是瘋子？瘋狂的人應該是妳吧！」

「什麼？」

滿臉鮮血的混蛋張開了臂膀，迎視勇者搖動的雙眸。

「沒有仗可打的戰士，終將成為不被需要的渣滓，知道這個道理還願意站在魔王身邊的妳，難道不是瘋子嗎？」

「你……」

「奈恩大人明白這個道理，所以他才要打破現狀，為此，妨礙大業的愚蠢魔王一定要翦除！」

「難道奈恩想要重新挑起戰爭？太荒謬了！」

「違背自己的天性才是真的荒謬吧，人類的勇者，難道妳不曾為了戰鬥的喜悅而心緒高漲嗎？」

雪琳聞言吃了一驚，下意識地摸了摸自己的臉頰。

然而，就如對方所言……

「妳的臉正因為作戰的興奮、喜悅而變得燙紅啊，妳沒有發現嗎？」

對，她的確是為了混蛋不要命的打法而稍微感到退縮。可是，除了退縮以外，另一種情緒又是什麼？

害怕的話，轉身逃跑就好了，她卻沒有這麼做。

退卻，只是為了爭取思考、反擊的空間。

讓握劍的手握得更緊，惡狠狠地怒罵著對方的同時，為什麼又稍微偏移了點重心？

難道不就是因為沒有打算放棄嗎？

她想要贏。

她一直在享受這場戰鬥。

不經意中勾起的嘴角，令少女的腦袋一片空白。

「妳的內心深處渴望著戰鬥，這沒什麼好羞恥的，因為我也一樣！」

鬣狗男再次劈砍過來，雪琳舉劍吃力地擋著每一招。

「戰鬥才是我們的歸宿！」

鏗鏘！

使盡全力的狂砍，銀髮少女只有招架的餘地。

砍，再砍！

一聲又一聲的敲擊，彷彿永遠也宣洩不完的狂怒。

鏗——鏘！

相抵的劍鋒，忽然再也無法向下降半吋。

不自然的震動自手腕上傳來之時，也在混蛋的心中敲響了警鐘。

「你說的沒錯，我們是戰士，但是，你是不是搞錯了什麼？」

「妳說什麼！」

砍不倒，為什麼還砍不倒？

屈居下風的勇者，此時昂起頭，眼中烈烈灼燒著熾熱的光采——她還沒有失去鬥志。

「我們不是為了戰鬥本身而戰鬥，而是為了目標才去戰鬥！唯有擁有守護的目標，戰鬥才能擁有意義！」

「嗄？」

銀髮少女猛然前進，扎穩的下盤，力量積蓄已久。

一節一節，將遭受壓制的態勢扭轉。

「我說你啊，根本沒有能夠守護的對象存在，對吧！」

「哈啊啊啊？」

混蛋瞪大眼睛，一副「妳在胡說八道什麼」的表情，然而，心緒的動搖卻反映在招式上，刺客在與勇者的角力中斷然潰敗。

「我……在北之國，可是有著奶奶和小伊這樣的家人啊！」

「這關我什麼……呃哇！」

「就算是現在，也還有惠恩、笨蛋兔子和彌亞小姐在我身旁！擁有需要守護的對象，我就一點也不會孤單！你說戰士就只能活在戰爭裡？那是因為你這傢伙，只會考慮自己吧！」

「妳……妳……」

混蛋氣得渾身發抖，但是無可奈何，血流如注的傷口，讓他失去了主動發起進攻的能力。

拉開距離的銀髮勇者，任憑傷疲的身體沾滿血汙，眼神卻毫無迷惘。

那雙澄澈眼眸之中的火焰，讓鬣狗耳男子再度退卻。

「戰爭只會讓我珍視的人感到痛苦，就算結束了也毫不可惜。這世上明明還有很多能讓我們發揮的戰場，是你自己視而不見，拒絕接受改變！」

「閉嘴！」

「只要有面對挑戰的心，和勇氣，到哪裡都能夠作戰，只是對象不同，不是嗎？」

「給我閉嘴！」

這樣的言論實在太過刺耳，混蛋絲毫無法忍受。

「妳懂什麼妳懂什麼妳懂什麼！」

不顧沉重的傷勢，鬣狗耳男子硬是高舉武器，踏著顛亂的腳步衝向了勇者。

「呀啊啊啊啊啊啊啊！」

然而，這正是雪琳等待的一刻。

早在兩人的心境出現差距的那時起，勝負便已分曉。

擁有信念之人，持劍的手總是握得更穩。

因為沒有退讓的空間。

人是壁壘，劍是城牆。

就是現在——

「反擊吧！」

自下而上灌注全力的一擊，將踉蹌錯愕的混蛋手裡的劍猛然挑飛。

「咿呃——」

獸耳男子驚愕的視線不由得追逐飛旋在空中的武器。

雖然久經訓練的戰士本能隨即提醒自己不該分心，然而混蛋還是花了一秒的時間才將注意力重新拉回。

可是來不及了。

頂尖戰士的對決中，毫釐與千里——勝與負之間的分野，就取決在這短短的一秒之間。

已經不可能再上演奇蹟了。

須臾，再度對上視線的兩人，都已對結局了然於胸。

已經完全完成架式的雪琳，為了最大化攻擊的力量而將手臂完全拉到了身後。

「最後，有件事就讓我告訴你吧！值得你守護的對象，也一定會以同樣的心情回報你。」

從說出能夠為了奈恩而死的那時候起，那份「覺悟」，就註定了混蛋輸給雪琳的結局。因為他根本沒有和對方一起迎接未來的志氣。

混蛋接下任務時，早已認定了會在奈恩的未來中缺席。

但是戰鬥，就是贏者站立，輸者倒下，如此而已。默許自己倒下的人，沒有理由贏過拚命活下去的對手。

「可惡……」

混蛋的瞳孔一度收縮，又再度張開，彷彿獲得了領悟。

鬣狗耳男子的口中吐出了短促的喟嘆。

多麼幸運的傢伙，居然能夠找到值得戰鬥的理由。

隨後垂下雙眼。

有點羨慕啊……

下一秒，載滿熾熱光輝的咆哮劍芒，結實命中男子的軀體。

「嗚嗯嗯嗯嗯嗯嗯嗯咯啊啊啊啊啊啊啊啊啊啊——」

男子毫不避讓，完全承受了這一擊。

從他的口中，眼中、鼻中和耳朵都噴綻出熾烈的白光——狂冒的白煙，強烈的一斬，是砍擊、是打擊、是破碎！

混蛋的身體如斷線風箏般飛了出去，落到地面，以決堤之勢不斷滾遠，揚起了無盡的塵埃。

ch.7 魔王的試煉與伊特

「就快到了！」

白聆高聲為惠恩打氣。

城堡近在眼前，然而背後追兵還在……兩名刺客的身影逐漸靠近。

只差最後一段路了，此時絕不能停下腳步。

「彌亞小姐……」

不斷喊著背上獅耳女郎的名字，惠恩希望這樣的聲音能夠確實傳達給她。

越來越趨冰冷的體溫，彷彿提醒著他，追趕著自己的不是刺客，而是死神。

「到、到了！」

終於，惠恩與白聆一鼓作氣地抵達門前。

緊掩的門扉，任憑兩人如何推擠，始終紋風不動。

「白聆小姐，現在怎麼辦？」

「開門啊！快開門啊，伊特、巫妖、殭屍！誰都好，快開門啊！」

白聆拚命地敲著門，背後的腳步聲也越來越近，回頭一看，即將追上的兩人已拔出武器。

就在這時，城門開了。

向內打開的巨大城門後方，出現在兩人面前的是一道無底深淵般的漆黑漩渦。

眨眼間，惠恩、白聆與彌亞三人一齊被吸入了城堡內。

城門瞬間合起，慢了一步的兩名刺客，瞠目結舌地望著這一幕。

「可惡，慢了，讓他們跑了！」

「喂！該死的，快開門！」

兩人如法炮製，用力敲著城門，不斷在城堡前叫嚷。

緊接著……

「呃啊！」

「哇啊！」

接連響起了兩聲慘叫之後，四周又恢復了寂靜。

「這裡是……哪裡？」

佇立在昏黃暮色中的惠恩困惑地喃喃自語。

沒有預兆，他突然就身在此處。

染滿日落色彩的空間，猶如蒙上一層薄薄的迷霧，看什麼都是模糊不清。

惠恩不敢輕舉妄動，試著前踩一步，幸好腳下是實心的，卻不知道這個空間有多大，怎麼呼喚都沒有人回應，也不聞回音傳來。

「啊！對、對了，彌亞小姐和白聆小姐呢？」

猛然驚覺，跟著自己進城的兩人都不見了，他不禁焦急了起來。

他大喊著另外兩人的名字，但什麼回應也沒得到。

彌亞病重昏迷，但為何連白聆也沒有回應？

他在寬闊的空間中四處尋找，可是什麼都沒找到。

霧氣滑過手腳，既不冷，也不熱，惠恩懷疑眼前景象都是幻影，因為不管他怎麼走，周圍總是空無一物，有些東西看起來明明很近，卻怎樣也摸不著。

「這裡難道不是第一天魔城？」

站在茫茫幻域的中心點，儘管知道自亂陣腳無濟於事，但是惠恩實在無法繼續保持冷靜。

「這裡是哪裡，有沒有人可以回答我啊？」

他朝著天空大喊。

然後，金色的聲音回答了。

「這裡是試煉之所，阿爾洛諦絲女神的幼小孩兒啊！」

這樣的形容令人感到非常地奇怪，既然是聲音，又為什麼會是「金色」呢？

然而惠恩下意識地領悟到，在這處空間，五感不能用已知的經驗去定義，因此十分自然地接受了這樣的想法。

「什麼是試煉之所？妳又是誰？我的伙伴在哪裡？」

「凡是有求於願望寶庫的造訪者，都必須經歷考驗，以證明你們擁有領受獎賞的資格。我是寶庫的看守者、監督者，也是評判者，我將看顧你們在試煉中的表現，評定你們的價值，並且授予獎賞。考驗必須由挑戰者獨自進行，不會有其他人介入。」

這個自稱為「看守者」的聲音說明得十分詳細，態度也算誠懇，但是惠恩依然無法理解。

「等、等等，您是不是弄錯了什麼？我不是挑戰者，也不知道寶庫的事，我只是來請求第二天魔王拯救我的朋友。可以請您放我離開嗎？還有拜託把我的伙伴還給我。」

「這是不被允許的，試煉就是試煉，規矩就是規矩。」

「什、什麼啊？」

惠恩急得方寸大亂，拚命地懇求。

「拜託，我求您了，我朋友的性命危在旦夕啊！」

「不行就是不行。」

但是那個不知從上下左右何處傳來的聲音毫不通融。

「為什麼？都到這個地步了……彌亞小姐！」

惠恩著急得團團轉，此時金色的聲音再度傳來。

「你不打算接受試煉嗎，阿爾洛諦絲的幼小孩兒？」

「難道妳不能分辨輕重緩急嗎？等彌亞小姐平安痊癒，要多少試煉我都做，現在請妳先放我出去！」

惠恩著急得腦袋快要冒煙，聲音也忍不住大了起來。

然而看守者與惠恩之間各自的主張，卻更像是兩條平行線。

金色的聲音開始不耐煩了。

「既然你這麼蠻不講理，我只好把你傳送出去，永遠不得再回來。」

「不講理的人是妳吧！無緣無故把人送來這種地方，為什麼不能把事情先問清楚呢？」

「放肆！」

看守者完全被激怒了，只見空中裂開一道縫隙，一道雷光直直劈向藍髮少年。

「呃啊啊啊！不可以！」

十萬火急之間，大喊出來的，反倒不是少年。

有道身影突破迷霧，如飛箭一般衝向惠恩，以身體護住了少年。

轟然一響過後，少年和那道身影都平安無事，不過因為一下子滾到了地上，兩人的模樣顯得狼狽不堪。

「白聆！」

「白聆小姐？」

金色的聲音怒氣沖沖，惠恩則是表情愕然。

藍髮的第一天魔王——白聆，帶著一臉茫然的神情抬起頭來。

「啊！我沒死。」

「妳怎麼可能會死，妳忘了這個世上所有魔法都對妳無效嗎？這個大傻瓜！竟敢給我擅自闖進試煉，妳、妳、妳——妳是想氣死我嗎？」

「伊特，不可以殺他啦，惠恩是我的朋友！」

「伊特？這個聲音是第二天魔王伊特？但是她自稱看守者，這又是怎麼一回事？」

惠恩被突然得知的資訊衝擊得困惑了起來。

即使身分被揭穿，伊特還是極力地維持尊嚴。

「白聆，我正在做正事耶！」

滿是不悅的聲音，同時也帶著濃濃的無可奈何之感。

「那個等一下再做嘛！我們現在要請妳幫忙救人。」

「是啊，伊特大人，拜託您高抬貴手，先救救我的同伴！」

白聆和惠恩一同低頭懇求。

伊特隔了好一陣子沒有言語。

「……不行。」

「啊啊？」

「聽好了，試煉是此處存在的意義，不能為任何人破例。無論想求什麼，都必須按照規則進行不可。」

「伊特妳太不通情理了吧，大笨蛋！」

「笨的人是妳！妳到底有沒有搞懂狀況啊？別的時候想怎麼玩都隨便妳，但現在不准給我亂來！」

「嗚呃呃呃……」

伊特好像氣炸了，完全失去了出聲以來的沉穩，讓惠恩突然覺得隱藏在這片迷霧背後的她現在可能正七竅生煙，不知不覺流下了汗水。

而被臭罵了一頓的白聆唉唉叫著垂頭喪氣……似乎可以從此窺見兩人之間的關係是如何。

「既然如此，白聆小姐，我們也不便勉強伊特大人了吧！」

「咦咦？」

稍微安撫了一下躁動的白聆，惠恩接著抬起頭。

「伊特大人，您的意思是，只要通過試煉，不管什麼樣的要求您都會幫忙，是這樣嗎？」

「只要在我的能力範圍所及，確實如此。」

「好，那我接受這場試煉！但是我有一個附帶的請求，在我完成試煉以前，請您先保證彌亞小姐的性命安全。」

「沒問題，我答應你。」

伊特口口聲聲都是以「試煉」為優先，於是惠恩提出了這樣的條件，果不其然第二天魔王爽快地答應了。

「那麼，試煉的內容是什麼呢？」

「你很快就會知道了……話說回來，白聆妳打算待著不走嗎？」

無視伊特問話中的焦躁，白聆彷彿覺得自己身在此處十分理所當然。

「我想要陪著惠恩大人……」

「算了，我不管妳了。但是妳給我記好，試煉絕對不容許他人干涉，要是讓我發現妳擅自介入，我會立刻判決惠恩失敗。」

「妳、妳幹麻這麼不信任我？」

「妳有什麼值得信任的地方嗎？」伊特毫不留情地說道。

白聆「噗咕」一聲，像是受到了重擊的樣子。

「試煉要開始了。」

沒有任何讓惠恩做心理準備的時間，伊特突然如此宣告，霎時間，她的存在和周圍異樣的氣氛一下子全都飄遠，令人非常明確地感受到「有什麼變化了」。

周圍的景象不停浮動，有如在置身水底望向天空，蕩漾的光影呈現各種千奇百怪的姿態，令惠恩訝然無語。

白聆悄悄地牽住了惠恩的手。

「惠恩大人……」

吞吞吐吐的模樣，讓惠恩大惑不解。

「有件事我想在這裡向您坦承……那個，對不起，一直瞞著您。」

「啊？」

「其實，我不是巫妖的俘虜，我、我就是死境的第一天魔王。」

白聆鼓起了十足的勇氣，將真相一口氣說出口。

「對不起，因為死境沒有活人，我實在太寂寞了，才會對你們非常感興趣，想要隱瞞身分接近你們……請、請不要討厭我。」

第一天魔王垂著腦袋，就像是個內疚的小女孩，深怕受到責罵。

原本緊張地聽她說話的惠恩表情頓時鬆懈了下來。

「原來是這樣啊！但是，請放心吧，我們早就知道了。」

「我知道自己不該欺騙各位，但是……啊，您剛剛說了什麼？」

白聆突然呆愣住，那副純真的模樣讓惠恩露出了笑容。

「其實帕思莉亞在第一天就猜到了妳的身分，但我們認為妳既然選擇隱瞞，或許是有更重要的理由，所以沒有說破。」

藍髮少女的表情變得十分複雜。

「白聆小姐，不管妳的身分是什麼，我們一直都把妳當成朋友！」惠恩輕輕地笑了。

「惠、惠恩大人！」

白聆露出無比感動的表情。

「嗯，那是什麼？」

就在此時，四周的空間似乎完成了轉變，而出現在他們眼前的是……

「這、這不是……」

看見眼前那道人影，惠恩的臉上寫滿了驚愕。

Unemployed Heroine and Devil's Guard

ch.8 毀滅之城

藍天白雲，溽氣蒸騰。

第六天魔城的城垛上，士兵們全神戒備。

頭盔下汗水直流，但他們無心擦拭，一心一意，緊盯著北方。

一股山雨欲來的態勢幾乎凝結了空氣，然後……

他們來了。

「敵人來襲！」

守備隊長扯開喉嚨大喊，緊緊握住了長戟。

北方平原遠處掀起的塵煙，彷彿是對這片土地最大的褻瀆，喊殺聲漸漸變得清晰可聞。大地隆隆震動，無數黑點像是蟲子一樣密密麻麻淹過了地表……

那正是第五天魔族的先鋒部隊——迅猛龍遊騎兵。

血紅色戰旗在風中飛舞，在紅色旗海間閃閃發亮的，不是戰士的鋼盔，而是戰爭遊牧種族天生的鱗甲。

乘坐在迅猛龍身上的鱗之民，其相貌猶如能夠直立的蜥蜴人。他們的鱗片有著赤紅、靛青、蔚藍、墨綠等多種斑斕色彩，但與豔麗的外表相反，不管是對六天魔族或是人類來說，這支種族都是活生生的嗜血惡夢。

「放箭！」

城牆上，飛箭如雨，最前排的騎兵首當其衝，但是許多鱗之民在落馬後又立刻爬了起來，毫不遲疑地繼續發起衝鋒。

「別停下來，繼續射！」

守備隊長身為久戰老兵，十分清楚第五天魔族鱗甲厚重，再加上天生對痛覺不敏銳，普通箭矢難以發揮效果，但不能因此就放棄攻擊。

「打開城門——」

帶著沉重的覺悟，守備隊長下達了第二道指令。

巨大的鐵鉸鍊機關轟隆作響，緊閉的城門慢慢開啟了一條縫隙，城門後方等待出擊的戰士，個個視死如歸。

「衝啊！」

第六天魔族的戰士們舉起巨盾和巨大的闊刃劍，發起了進攻。

從城內湧出的獸人族全部都是步兵。

第六天魔族的軍隊很少有騎兵的配置，其中一個原因是座騎無法承載「戰士」階級的重量，另一個理由則是因為他們的體能和爆發力強健到即使步兵也能與人類的騎兵團一較長短。

但是此刻與敵人的戰爭又是另一種型態。

此刻獸人族戰士面對的難題，不只是迅猛龍猶勝戰馬的跑速，其牙齒、利爪，抑是致命的武器。

作戰時，除了要應付猛獸的撕抓、啃咬，騎在龍背上的鱗之民也是一大威脅。戰局根本是一面倒的屠殺。

衝進步兵陣的遊騎兵團勢如破竹，鱗之民就算受到了致命傷害，依舊宛如浴血的惡鬼般瘋狂作戰，將恐懼深深烙印在敵人的心中。

「前進！前進！」

「不要後退！」

兩種截然不同的戰吼互相抗衡，戰況趨於白熱。

即便氣勢屈居下風，搭配背後加入支援的弓箭手與戰鬥法師，獸人族戰士勉強撐住了戰線。

此時，宏亮的號角聲自遠方響起。

「那是什麼！」

天空中出現了一顆顆火球，接連襲向魔城，砰、砰、砰！宛如天降火雨般狂轟濫炸。到處都在起火，城牆守軍的防線頓時潰敗。

底下的戰士們目瞪口呆，火藥味的惡臭瀰漫戰場。

沉重的金屬咆哮，讓戰場上的獸人們個個面容扭曲，心神顫慄。

不敢抬頭，不敢去看。

獸人族優秀的聽力，在此刻卻成了令人怨恨的詛咒，惡魔的咆哮清晰傳入耳中。

陡然暗沉的天空，被冒起的濃煙整片遮掩，四對巨大螯足深深刺穿地表，翠豔的土地悲鳴不已。

沿著螯足連接的懸空黝黑底座，其上是一座漆黑的宮城。

線條簡練的外觀，與此刻遙遙對望的第六天魔城南轅北轍。比起美感，設計者似乎更在意它的實用性，多處皆可看見鋼鐵拼湊補強的痕跡，彷彿建築物本身也穿戴了盔甲。

而從盔甲的隙縫間伸出的火砲，正一發又一發地噴出了絕望與死亡。

這座移動夢魘的名字無人不知，然而比起「第五天魔城」，人們更為熟悉它的另一個叫法——

「風、風……風不轉城！」

世上最大也是唯一的一座移動戰爭堡壘，也是毀滅的代名詞。

看見那座龐然巨物，守備隊長完全陷入了無助。

他知道，無論做再多的努力，也無法挽回軍隊的恐懼與混亂了。

「哈哈哈哈！看吶，底下那些弱小的獸人族，在風不轉城面前，每個都是兩腿發軟的鳥樣子！呵哈哈哈哈——」

位於風不轉城制高處的某個平臺，一名穿戴華麗的黃色鱗之民，俯視下方的戰場，愉悅得手舞足蹈。

「看來這場仗又能輕鬆拿下了。不破要塞第六天魔城？哼，根本名過其實，你說是不是呢，折闇臺？」

「雖然戰況十分順利，但請您萬萬不可小覷第六天魔族啊，大汗。」

第五天魔王身後，名為折闇臺的赤色鱗之民稍稍滲出了汗水。

「哼！折闇臺你太膽小了，這一千年來，風不轉城還沒吃過任何一次敗仗，敵人光是看到我們就嚇得屁滾尿流了，這群螻蟻怎麼可能會是對手？」

「話雖如此……可是，根據屬下得到的情報，第六天魔族現在是由奈恩領軍。他是前代第六天魔王的左右手，能征善戰，如果太大意，說不定吃虧的會是我們。」

「奈恩？他還沒死？我聽說他在戰爭時期被勇者捉住，打成了廢人。」

第五天魔王一臉不屑。

「不過是個被勇者打敗的傢伙，有什麼好怕的？他們有三幻聖，難道我們第五天魔族就沒人才嗎？折闍臺，我相信以你的實力，料理那個叫奈恩的應該不會有困難吧？」

「欸、欸？這不好說，對方甚至擁有最完美的戰士這樣的稱號啊，可汗。」

「你這傢伙，不要專長他人志氣，滅自己威風！你啊，明明是萬夫長之首，老是說這些喪氣話成何體統？」

下屬的諫言似乎完全沒被第五天魔王聽進耳裡，滿頭大汗的折闍臺只能連連賠不是，心裡感嘆伴君如伴虎。

他並非膽小，只是個性謹慎。

戰爭這種事情，難道不是經過謹慎的考慮，謀定而後動才能取得勝利嗎？

雖然對其他種族而言，這可能理所當然的道理，但是第五天魔族更信奉直接的力量，比起擬訂計畫，他們通常會選擇先把風不轉城開過去之後再說。

而鱗之民作戰時那種不要命的戰鬥方式，也讓折闍臺十分不習慣。

不管怎麼說，生命還是最重要的，不是嗎？

「而且啊，只要我們手上還有那個，要獲勝根本易如反掌！」

「咦，哪個？」

「喂！你傻了啊，我是說風不轉城的主砲——阿吽！」

「不是的，可汗，我當然知道阿哞，但是，您現在就要動用它嗎？」

折闍臺嚇得下巴都要掉了。

「嘿嘿！阿哞只要一發，就能將穆斯多夷為平地，我實在很想知道第六天魔城能吃下幾發。」

「等等，請您再考慮一下，可汗！」

「怎麼，你又有什麼意見？」

第五天魔王不快地睜圓了雙眼。

折闍臺背上冷汗直流，連忙勸道：「阿哞畢竟是風不轉城的最後王牌，要是這麼早就拿出來，戰爭不是一下子就結束了嗎？這樣還有什麼樂趣可言？可汗，先讓軍隊出動吧，發射大砲的事可以之後再慢慢考慮。」

「嗯，你說的沒錯，的確應該好好享受戰爭的樂趣才行。折闍臺，你偶爾也能說出像樣話嘛！」

「謝、謝謝可汗。」

畢竟還是想辦法圓過去了，折闍臺在心裡為自己的機智感到慶幸。

只要「阿哞」不發射，應該就有辦法保住第六天魔城。也許免不了遭受洗劫，但總比整個毀掉來得好。

一想到穆斯多，折闍臺就暗暗地感到可惜，那是多麼美麗、繁榮的城市！身為遊牧戰爭的種族鱗之民，他一直對於有辦法長期定居在同一個地方，蓋出如此多采多姿建築物的種族感到非常欽佩。

——反正我就是熱愛藝術、詩歌和文化嘛！別人一定會覺得我是個奇怪的蜥蜴人吧！

在只知道戰鬥、侵略的第五天魔族之中，折闍臺的確是個異類。

進攻穆斯多時，他也曾試圖阻止阿吽發射，但可汗一旦做出了決定，就再也不會改變，只能眼睜睜看著穆斯多在風不轉城腳下化為烏有。

而現在，眼前的第六天魔城，具備了穆斯多完全無法相提並論的歷史及藝術價值，於是折闍臺甩開了羞恥心，決定不能一錯再錯。

不管用什麼方法，他都不能讓邊境貿易之城經歷的悲劇，再次在這座城市身上發生。

提林咂了咂嘴，放下十字弓。

「如何，辦不到吧？」

前勇者「第八星」回過頭來，和有著「神槍王」美名的勇者凱黑爾對望了一眼，彼此心中想的都是同一件事。

「那個那麼高，連面對城牆的守兵都擁有制空權，根本想不出對付它的辦法，還是放棄比較好。」

「恐怕要調動投石車來才行了。」

他們說的，當然是風不轉城。

中之國的部隊，停駐在第五天魔族軍團背後一千肘的位置。

這裡是一處絕佳地點，既不用加入戰局，又能仔細觀察戰場，不會漏失任何的機會。

「看起來第六天魔族的局勢並不樂觀啊！」

「沒辦法，他們遇上的可是風不轉城。如果只是前鋒部隊互相碰撞作戰，鱗之民應該無法取得這麼大的優勢，他們的人數太稀少了。」

「我真的很納悶，那些蜥蜴人笨到連自己的名字都不會寫，到底是怎麼畫出這個怪物的設計圖的？」

「這不是眾所周知的千古謎題嗎？好了，提林大人，現在打算怎麼辦？」

「什麼怎麼辦？」光頭男子困惑地問道。

凱黑爾搖了搖頭。

「一旦第六天魔族戰敗，第五天魔族進城，依照他們以往的風格，即使我們再進入城內，也搜刮不道任何戰利品了。」

「我們主要的目標是取得土地資源，那一點點的小損失還算可以接受。只不過……站在我個人的立場，實在不想看到第五天魔族這麼輕易地獲勝啊！」

提林感嘆地搖了搖頭。

他的這番話，凱黑爾也相當贊同。

雖然北之國和第五天魔族之間並沒有直接的戰事，但是凱黑爾也遇過幾次鱗之民的傭兵部隊……關於那些戰鬥的體驗，只能說是非常地不舒服。

鱗之民好像有種特殊的能耐，能在短時間內把別的種族搞得十分痛苦。

這片大陸上，大概沒有任何一個種族不跟他們結怨的吧！凱黑爾心想。

在遠離戰爭漩渦中心的安全位置，兩名男子心心念念找出移動戰爭要塞的弱點位置，但目前看下來似乎徒勞無功。

黑色的城市彷彿嘲笑著他們的努力。據說這座宮城之所以會是黑色，並不是由於原本的建材，而是千百年來乾涸在城牆之上的鮮血所致。

「本來還期待他們會兩敗俱傷，可惜啊。」

凱黑爾惋惜地說著的同時，風不轉城方面又再次有了動作。

只見城市的底座緩緩張開，降下一個平臺，大軍蜂擁而出，喊殺聲震天價響，聽得眾人心中為之一凜。

「這才是他們的主力嗎？」

第五天魔族展開了第二波的攻勢。

「他、他們過來了！」

在被炸出一個缺口的城上指揮中心，獸人戰士們在瓦礫堆中掙扎著協助更多友軍脫困。

不知道為什麼，敵人的砲火似乎不再運作，如果想要重整旗鼓，現在是最後的機會。

弓箭手和戰鬥法師等遠程部隊，即使渾身傷痕累累，也強逼著自己重新站到沒有掩體保護的前線，因為他們知道若是少了遠程火力奧援，下方的步兵團不消片刻就會崩潰。

但是當他們冒著遭受砲火攻擊的風險就定位時，看見的卻是敵方湧上來的第二波援軍。

「……難道我們的城市在今天就要陷落了嗎？」

這十二年來自豪著自己一日也不曾懈怠職責的城門守備隊長，半跪在被削去了一大片的城垛齒孔中，雙肩無力地垮了下來。

「還沒有，士兵。」

聲音從守備隊長的背後響起，接著一隻手搭在了他的肩膀上。

將寬大的軍服外套披在肩膀上，以自信的聲音說話的那名男子，面對著北邊，他的面孔稍稍微抬起，眼睛則是緊閉的。

守備隊長簡直不敢相信自己的眼睛。

「奈奈奈奈奈……」

激動使他無法好好將對方的名字說出口，以下屬而言，實在是失禮至極的事情。

但是男子沒有絲毫怪罪。

「你已經盡力了，戰士，但是還沒有結束，還要再盡更多努力。只是現在的你不需要擔負起所有的責任。找回你的士兵，重新列隊。」

「是、是的，長官！」

奈恩淺淺地笑了。

戰場上的廝殺聲像波浪一樣拍打而來，奈恩任憑自己浸淫其中，竄入身體的熟悉氣息讓他覺得自己彷彿重新活了過來。

箭矢砲彈的破空聲、行軍的腳步聲，和各種吼叫、哭號、怒罵，他全都不想遺漏。

「都過了……幾百年了？」

有那麼久？還是沒有那麼久？奈恩噗哧一聲笑了。

沒關係，從現在開始，他終於可以繼續創造應有的未來。

比起平民種的戰士，奈恩還有很長、很長，長到將盡用不完的時間，但是這座城市，以及他的同胞，未必有足夠的時間等待。

必須做點活在現在的人應該做的事！

奈恩拋開回憶，放聲大喊：「戰士們，跟上來！既然有敵人膽敢進犯，那就讓他們知道，誰才是這片大陸真正的統治者！」

說罷，金髮的魔將在眾人驚訝的目光中，縱身向下一跳。

「那、那個人是——」

同一時間，在不同的位置、不同的角度、不同種族的折闍臺和提林，喊出了同樣的句子，心中受到了同樣的震驚。

那是像雷霆一樣爆裂在戰場中央的身影。

三幻聖的降臨。

「呃啊啊啊啊啊！」

奈恩躍入第五天魔族的戰陣中央，遭受波及的鱗之民紛紛飛了起來。

大地龜裂，塵煙揚起，他就像是風一樣地移動。

是慘叫聲與鮮血的旋風。

「怎麼啦，鱗之民，你們不是自稱毀滅的代言者嗎？」

鱗之民的戰士根本看不清他的動向，軍服外套飄飛，人影就如雷光閃現般來到自己面前，接著世界陷入全然的黑暗。

骨裂的聲音此起彼落。

「攻擊我們的城市，就要有所覺悟。放心吧，你們一個個都回不了那座發臭的城堡。」

刀、槍、劍、戟，慌亂的鱗之民將所有武器都朝那團矇矓的黑影砍去。

可是那道身影以難以置信的輕盈輕輕一躍，就站上了所有武器的尖端，彷彿在他足下，刀鋒與平地無異。

懷著如此感嘆的下一秒……

「咦！」

他又變得無比沉重，一下子把所有的兵器往下壓。

「呃啊！」

承受不住巨力的鱗之民失去了重心，紛紛栽倒在地。

「我們也衝！」

城門口的戰事也出現了變數。

原本氣勢凌人的第五天魔族，赫然發現城中衝出了更多增援。

「悶——太——久——啦！」

隨後加入戰局的獸人族，手裡拿的明顯不是正規部隊的武器，身上的鎧甲亂七八糟，簡直和雜牌軍差不多，但是……他們的戰技異常精湛。

這些人衝進了混戰的圈圈以後，熟練地和敵人廝殺起來。

同時，受到奈恩的鼓舞，獸人族戰士抖擻精神，一度瀕臨崩潰的防線又再次有了復活的跡象。

「豈有此理！」

風不轉城上方，目睹戰局翻轉的第五天魔王氣得七竅生煙。

「明明派遣增援部隊的是我們，為什麼反而是我們被壓著打？」

「好厲害……他直接攻擊核心區塊，阻礙了我們部隊的動線。」

「都什麼時候了你還有閒情稱讚別人，折闇臺！」

「呃呃……可汗……」

知道自己說錯了話，折闇臺連忙摀住了嘴。第五天魔王死命地瞪著下方，忽然翹起了嘴角。

「那個傢伙，再囂張也沒多久啦！」

「咦？」

「你看！」

攜帶武器，穿著防具，然後才能上戰場。

奈恩正在打破這些常識。

不，更精確地說，隻身深入敵陣，還能游刃有餘地踏出每一步，就已經是超越常識的異常光景了。

周圍的敵人，一圈又一圈地倒下。

戰陣中央的奈恩好整以暇，晃著金髮，調整披肩的角度。

「怎麼了，再來啊！」

就在魔將笑著向敵人發出挑釁之詞時，腳下的大地突然震動了起來。

「嗯……這是？」

奈恩敏銳地維持著身體的平衡。

「奈恩大人！」

遠處的第六天魔族戰士，發出了充滿驚懼的叫喊。

「哇哈哈哈哈！三幻聖的奈恩，果然名不虛傳。」

瞬間，奈恩意識到了此刻的情況——他腳下所站的這片土地，底下居然有人！

土地翻起，一名鱗之民單手撐住地層和奈恩，扠腰挺立。

同時，在誰也沒有察覺到的時候，一名劍士已來到了奈恩背後。

「奈恩大人，護樂天討教！」

說話同時，他的左手已經移動到了繫在腰間的劍柄之上。

——第五天魔族的「萬夫長」，敕世王以及護樂天雙雙現身。

「您讓那兩個人一起對付他？」看見同僚同時向奈恩發起進攻的折閻臺，無法控制自己地大叫。

「總不能一直讓他妨礙我們吧？能死在護樂天的劍下，說不定是那傢伙上輩子修來的福分。」

在第五天魔族的社會體系中，萬夫長正如其名，是一人之下，萬人之上的存在，全族也不過出了四名萬夫長，居於戰士的頂點。

和抱著胸口惋惜地用鼻子噴氣的第五天魔王不同，緊緊抓著欄杆，用力瞪著下方的折闍臺，瞳孔因激動而不斷地收縮。

「這下不得了了，傳令的巫女在嗎？」

「喂！折闍臺，你想幹什麼？」

「沒時間了，巫女嗎，立刻傳訊給忽圖倫……對，要她立刻祈禱。」

驚訝不已的第五天魔王張大了嘴巴，抓住了折闍臺的肩膀，「你不是才叫我不要啟動阿哞的嗎？」卻被赤紅的蜥蜴人凶悍地甩了開來。

處在亢奮狀態下的折闍臺，一時間忘了君臣禮數，第五天魔王差點因此跌倒。

不過，就連海察額圖可汗也很少看見他這麼失態的樣子，因此並沒有怪罪，而是吶吶地看著他異常的舉動。

「再慢就來不及了……一定要保住啊！」

Unemployed Heroine and Devil's Guard
ch.9 不死鳥翼翔

護樂天非常自傲於自己的劍法。

為了精進自身的武藝，當年他甚至不顧羞恥心，跑去學習人類的劍術。

痴迷於武道的他，最後竟然爬到了萬夫長的位置——為的只是萬夫長的特權，讓他即便在可汗身旁也能隨時佩劍。

與護樂天和折闍臺這兩個特異分子不同，敕世王很早就被認定為會成為萬夫長的人選。他在剛出生不久，還是一隻小蜥蜴人的時候，就能扛起十副盔甲，即使魔王派出了一百個人和他拔河，他也依舊能夠輕鬆自在地獲勝。

此時，這兩名勇士正自上下兩路夾攻奈恩。

敕世王大喝一聲，將頭頂上的大片土地旋轉得飛快，泥沙土石樹葉雜草全部飛落四散，要讓奈恩失去平衡。

就算站立的是浪花的尖頂，護樂天也有相同的自信能完成任務。他從後方神速抽出寶劍，準備砍下奈恩的首級。

銀光一閃。

護樂天倒抽了一口冷氣。

「這……怎麼可能？」

「護樂天，發生什麼事了？」

站在底下的敕世王聽見同僚的慘叫，高聲大喊，拳將大片的土地擊得粉碎。

土塊四處紛飛，在一片泥石的飛雨中，他發現了奈恩的蹤影。

「難道護樂天失手了？」

敕世王的拳頭不加思索地擊出。

他的作風就是典型的第五天魔族，身體總是比大腦先一步行動。如果折闍臺看到了，一定會拚命地對他大喊：「笨蛋，快逃啊！」

可是敕世王沒有逃。

一直到手臂完全伸出去的時候，他才發現事情不太對勁。

敕世王的體型宛如巨人，身材超過六肘，金髮魔將也只不過到他的胸口，但是敕世王敢拿萬夫長的名義發誓，此刻他絕對直視著奈恩的眼睛。

那麼，奈恩到底是站在什麼樣的高度？

奈恩什麼也沒有站。

「提林大人！」

凱黑爾突然用力抓住了光頭男子的肩膀。

那真的很痛，但是提林根本沒有餘裕去理會痛覺，露出了比凱黑爾更緊張的神情。

「我聽說……奈恩當年就是落在你們手裡的，對吧？為了逮到他，七星出動了三顆，好不容易才成功。幾年之後，失去奈恩的第六天魔族在戰場上節節敗退，剩下的兩人和魔王也先後戰死了。」

「沒錯，那場戰鬥我也有參與……」

「抓到他之後，你們做了什麼？」

「為了將他當作引出魔王的誘餌，我們沒有處死他，只砍下了……他的翅膀。」

「砍下翅膀……那麼，現在在我們眼前的，又是什麼？」

是翅膀。

敕世王不敢相信自己的眼睛。

奈恩飄浮……不，是飛行在半空中，一對流著火焰的白色羽翼，在身後不停拍動。

「你、你、你……那是什麼東西！你不是獸人族嗎？」

「嗯？獸人族就不能擁有這種型態嗎？」奈恩歪著頭說。

順帶一提，敕世王揮擊出去的拳頭，被他牢牢接住了。

明明奈恩飛在毫無著力點的空中，敕世王卻感覺自己好像打在了一堵牆上。

不對，就算是牆，他也完全不看在眼裡，可是奈恩只是輕輕伸出了手掌，就讓他再也無法移動半分。

他急得滿頭大汗、滿臉通紅。

過了不久，敕世王發現開始在動了。

「咦，欸、欸？」

然而，在動的並不是奈恩，而是自己。

奈恩搧著翅膀，將敕世王緩緩向後推。第五天魔族第一的大力士從來沒遇過這種事情。

金髮魔將增強加壓的力道，敕世王的雙腳逐漸沉入地底，接著是腿部、腰部……被奈恩抓牢的手動彈不得，他的眼裡流露出恐懼。

「等、等等！請饒了我！」

「既然你們這麼想踏上第六天魔族的土地，身為主人，當然要讓貴客如願以償。」

噗！敕世王整個人沒入土裡，不管他還想再說些什麼，恐怕都再也沒有機會了。

「該死的東西！」

自背後閃電般殺將出來的，是眼裡噴出火焰的護樂天。

利劍攔腰斬向奈恩，然而乘風的雙翼卻比劍的速度更快。

向前推出，轉身，回歸原位。奈恩的動作迅捷得讓人連讚嘆的時間都沒有，就感受到了下巴傳來的一陣痛楚。

「呃啊啊啊！」

差點咬斷舌頭，護樂天眼前一花，拚命地取回意識，睜開眼卻看見了奇怪的風景。

他這輩子，從來沒有像這樣俯瞰過整個風不轉城。

護樂天瞬間領悟了此刻的情況──他正身處於一百肘之上的高空。

「上面的風景看起來如何？第六天魔族的土地看起來又是如何呢？」

「奈恩！」

看著飛到眼前的奈恩，護樂天內心的憤怒壓過了恐懼。

「別小看我，我好歹也是第五天魔族的劍士！」

就算下一秒會摔成肉餅，他也不顧一切地揮起了劍。

可是，奈恩輕輕鬆鬆奪去了他的武器。

「連同剛才，你已經連續兩次在我後腦勺出劍了，竟然好意思自稱為劍士？」

唰！奈恩二話不說，劍鋒直接掠過護樂天的鼻尖，速度令他自嘆弗如。

內心的感嘆只維持了極短的片刻，下一秒，護樂天開始往下掉。

「啊啊啊啊啊啊！」

不管再怎麼高傲的劍士，這種時刻都不可能繼續保持從容。

難道我這輩子就到此為止了嗎？護樂天絕望地心想，這不該是一個劍士的死法。

就在護樂天即將撞到地表的前一剎那。

他墜落的身形突然止住了。

「噗呃！」差點被勒死的鱗之民萬夫長發出了痛苦的聲音，但同時又訝異地發現——是奈恩救了自己。

金髮魔將在最後一刻抓住了蜥蜴人的腰帶，沒讓他真的化為肉餅。

「你知道我為什麼要救你嗎？」奈恩閉著雙眼問道。

護樂天下意識地搖了搖頭。

「我啊，經歷過大大小小無數場戰役，從未以把敵人帶到高空再往下丟這種方式獲勝。畢竟，能夠飛行的敵人太少，如果我依靠制空權優勢戰勝對手，豈不是太卑鄙了嗎？」

居然是因為這個理由？

護樂天睜大雙眼的同時，奈恩繼續開口。

「我，奈恩，要讓你們知道——」

護樂天很想繼續聽下去，但是他已經沒有機會了。

奈恩隨手一拋，身在半空的萬夫長還來不及反應，臉上重重吃了一拳，整個人被打飛出去，連慘叫都發不出來，就撞到地上昏死了。

金髮魔將傲然轉身，披風隨著動作獵獵飛揚。

「就算我站在大地之上，依然能俯視眾生！」

戰場上，奈恩擊敗兩名萬夫長的情境，映入眾人眼簾。

停下了手邊的戰鬥，獸人族與鱗之民紛紛敬畏地望著金髮魔將。

雖然，獸人族這方多了一絲興奮，而鱗之民眼中則是充滿了深深的畏懼。

第六天魔城城牆上，守備隊長目瞪口呆地看著這一切。

「時隔多年，竟然還能再次看到奈恩大人恢復這種型態啊！」

「咦，帕思維爾大人？」

名族族長突然在戰場現身，讓守備隊長驚慌不已。

「不用擔心，有奈恩大人在，不會發生危險。」

「說、說得也是。帕思維爾大人，恕屬下愚昧，奈恩大人那副模樣究竟是什麼型態？」

在場的戰士恐怕都抱持著相同的疑問。

看見奈恩背上長出翅膀時，每個人都心中都無比驚訝，因為第六天魔族之中從來沒有看過這種型態特徵，不得已必須請教見多識廣的名族。

帕思維爾看了看守備隊長的毛皮和耳朵，點了點頭。

「嗯，看你的型態是還年輕的戰士階層吧，難怪不知道。其實獸人族除了名族種和平民種以外，過去曾經存在古老而強大的幻獸種。」

「幻獸種？」

「對，魔王的血脈也是屬於幻獸種的一支。不過，遠在更早的年代，幻獸種就因為戰爭幾乎滅絕殆盡，奈恩大人是碩果僅存的末裔。」

「難怪奈恩大人如此強大……」

「是啊，也有人說，奈恩的力量根本不遜於前代魔王。」拄著手杖，望向飛翔在戰場中央的男子，帕思維爾感嘆地說。

「那、那麼，奈恩大人真正的型態到底是什麼？」

在充滿了敬畏與疑惑的視線中，兔耳老人道出了奈恩的真實身分——

「他是……不死鳥！」

不死鳥的奈恩。

傳說中，羽翅流淌明火，飢食火焰、渴飲熔岩，能在灰燼中不斷重生的巨鳥。

甚至能與魔王的血脈分庭抗禮，幻獸種中獨霸天際的存在。

耳語漸漸傳開之時，第五天魔族的戰士悄悄地往後退了。

不知道該怎麼對抗傳說中的古老物種，連族裡最強的萬夫長都被打倒，他們不可能再用這種狀態和士氣正旺的第六天魔族交手。

這場戰爭還能繼續嗎，還打得贏嗎？

鱗之民怎麼也想像不到，居然有一天會是自己在思考這個問題。

察覺到對方的士氣低迷，奈恩並不急著追擊，宛如確信勝券在握般露出了笑容。

就在此時。

——白光，轟然，炸裂。

一瞬之間，消失了。

徹底地。

一整段城牆包含城牆後方的區域，化為虛無，就連塵煙都沒有揚起。城牆上倖存的士兵，隔了好幾拍才意識到發生了什麼。

震驚的衝擊、恐懼的叫聲、慢了許久才聽得見的哭號……

勝利的喜悅瞬間被澆熄。

察覺到在高處俯視自己的那個人。

奈恩猛然回過了頭。

「啊哈……啊哈哈哈……」

扶著欄杆，折閣臺像是喘不過氣來似地，大口大口地吐息。

他的臉色蒼白，彷彿隨時都會倒下，對上了奈恩緊閉著的雙眼。

對方像是在發出威脅，之後轉過了身。

折閣臺不由得露出苦笑。

幾乎在同一時間，他充滿悲傷地領悟了。

比起身為一個愛好藝術、詩歌和文化的蜥蜴人，他更是一個第五天魔族，一個遊牧戰爭種族的萬夫長。

一個總是優先考慮該如何打贏戰爭的鱗之民。

雖然痛苦，他還是必須做出如此決定。

「奈恩大人，雖然我很尊敬你，可是……」

畢竟是在這一千年來，未嘗敗績的風不轉城。

無論如何，折閣臺都不能讓那樣的結局太早到來。

「只要我們手上還有主砲『阿哞』，風不轉城就絕對不會輸掉這場仗！」

——《失業勇者魔王保鑣03》完

高寶書版集團
gobooks.com.tw

輕世代 FW276
失業勇者魔王保鑣03

作　　者　甚 音
繪　　者　welchino
編　　輯　林紓平
校　　對　林思妤
美術編輯　林鈞儀
排　　版　彭立瑋
企　　劃　方慧娟

發 行 人　朱凱蕾
出　　版　英屬維京群島商高寶國際有限公司臺灣分公司
　　　　　Global Group Holdings, Ltd.
地　　址　臺北市內湖區洲子街88號3樓
網　　址　www.gobooks.com.tw
電　　話　(02) 27992788
電　　郵　readers@gobooks.com.tw（讀者服務部）
　　　　　pr@gobooks.com.tw（公關諮詢部）
傳　　真　出版部　(02) 27990909　行銷部 (02) 27993088
郵政劃撥　50404557
戶　　名　三日月書版股份有限公司
發　　行　三日月書版股份有限公司/Printed in Taiwan
初版日期　2018年7月

國家圖書館出版品預行編目(CIP)資料

失業勇者魔王保鑣 / 甚音著.-- 初版. -- 臺北市
: 高寶國際, 2018.07-
　冊；　公分. --

ISBN 978-986-361-516-3(第3冊：平裝)

857.7　　　107003452

三日月書版

GOBOOKS
& SITAK
GROUP©